10 peças de Shakespeare

Recontadas por E. Nesbit

Tradução
Luiz Antonio Aguiar

2ª reimpressão

Copyright da tradução © 2012 Editora Gutenberg
Texto de introdução de Iona Opie. Publicado com permissão da Oxford University Press, Inc.

Título original: *The Best of Shakespeare: Retellings of 10 Classic Plays*

Todos os direitos reservados pela Editora Gutenberg.
Nenhuma parte desta publicação poderá ser reproduzida, seja por meios mecânicos, eletrônicos, seja via cópia xerográfica, sem a autorização prévia da Editora.

EDITORA
Silvia Tocci Masini

EDIÇÃO GERAL
Sonia Junqueira

EDITORAS ASSISTENTES
Carol Christo
Nice Xavier

REVISÃO
Aline Sobreira

EDIÇÃO DE ARTE E PROJETO GRÁFICO
Diogo Droschi

ASSISTENTE EDITORIAL
Andresa Vidal Vilchenski

Dados Internacionais de Catalogação na Publicação (CIP)
(Câmara Brasileira do Livro, SP, Brasil)

Nesbit, E. (Edith), 1858-1924.
    10 peças de Shakespeare / Edith Nesbit ; tradução
Luiz Antonio Aguiar. -- 1. ed.; 2. reimp. -- Belo Horizonte : Editora Gutenberg, 2022.

    Título original: The Best of Shakespeare : Rettellings
of 10 Classic Plays.
    ISBN 978-85-65383-02-8

    1. Literatura infantojuvenil 2. Shakespeare, William,
1564-1616 - Adaptações I. Título.

12-00738   CDD-028.5

Índices para catálogo sistemático:
1. Shakespeare : Obras adaptadas : Literatura infantojuvenil   028.5

A **GUTENBERG** É UMA EDITORA DO **GRUPO AUTÊNTICA** ©

São Paulo
Av. Paulista, 2.073, Conjunto Nacional
Horsa I . Sala 309 . Cerqueira César .
01311-940 São Paulo . SP
Tel.: (55 11) 3034 4468

Belo Horizonte
Rua Carlos Turner, 420
Silveira . 31140-520
Belo Horizonte . MG
Tel.: (55 31) 3465 4500

www.editoragutenberg.com.br
SAC: atendimentoleitor@grupoautentica.com.br

7 Introdução

9 Prefácio

13 Romeu e Julieta

23 O mercador de Veneza

31 Noite de reis

39 Hamlet

47 A tempestade

55 Rei Lear

63 Macbeth

71 Como gostais

79 História de inverno

87 Otelo

Introdução

Iona Opie

Nunca penso nela como "Edith". Foi "E. Nesbit" quem me proporcionou inúmeras e maravilhosas aventuras na infância e cujos livros têm me acompanhado pelos marasmos da vida adulta. (Vale a pena ficar gripada só para poder ir pra cama com uma boa caneca de chá quente e um exemplar de *A história dos caçadores de tesouro*.) E a Oxford University Press descobriu que ela escreveu um volume com adaptações em prosa de peças de Shakespeare; confesso que não sabia da existência desses recontos, mas sei que isso vai fazer uma grande diferença em minha vida.

E. Nesbit, autora de original e mordaz sagacidade, é também direta como uma criança, além de possuir uma honestidade estimulante. Em obras como *A história dos caçadores de tesouro*, *Cinco crianças e um segredo*, *Os meninos e o trem de ferro*, todos publicados na Inglaterra nos primeiros anos do século XX, ela estabeleceu uma nova abordagem de escrita para crianças: despretensiosa, instigante e sem aquele tom moralizante. Ela acaba sendo, assim, a escritora ideal para mostrar as magníficas histórias que Shakespeare adornou com as mais belas dores ou com as cenas cômicas mais ridículas.

Ela diz o que pensa e o que o resto de nós mal se atreveu a dizer. Sempre achamos uma bobagem os Montéquio e os Capuleto não darem um fim a sua desavença e que aquilo tudo era um convite à tragédia; Nesbit coloca isso de um jeito muito melhor:

"tratavam a disputa como se fosse um mascote, e nunca deixavam o problema morrer". Ela também faz alguns comentários severos; Lady Macbeth, ela diz, "parecia pensar que moralidade e covardia eram a mesma coisa". Essa franqueza é o antídoto perfeito para o tom comedido predominante nas peças de Shakespeare. É tão grande o peso do respeito e do eruditismo nessas peças que fica difícil se abstrair e conseguir apreciá-las como o fazia seu público original no Globe Theatre, em Londres, mas E. Nesbit tirou esse peso e deu às peças um tom do mais puro e simples entretenimento. Ela conta as histórias com clareza e entusiasmo, guiando o leitor pelas reviravoltas da trama e dando um gostinho do original com a habilidosa inserção de curtas citações.

Com entusiasmo renovado, volto aos meus vídeos shakespearianos. Vou assistir a eles novamente, por simples diversão, passando direto pelas palavras obscuras em que um dia tropecei. Pode até ser que eu, que me deixava cativar apenas pelos personagens principais, seja agora capaz de comentar sobre atuações individuais e impressionar com comentários do tipo "Fulano estava excelente como Políxenes", mas "Beltrano não era a ideia que eu fazia de Bassânio".

E. Nesbit me prestou ainda mais um serviço: ela renovou minha confiança, ainda que tardia, e fez crescer em mim o prazer em mergulhar no mundo desse que provavelmente é o maior dramaturgo que já existiu. ■

Prefácio

Era fim de tarde. O fogo ardia na lareira do salão da pousada. Mais cedo, naquele dia, fomos à casa de Shakespeare, e eu contei às crianças tudo o que sabia sobre ele e sua obra. Agora elas estavam sentadas à mesa, debruçadas sobre um grande volume de peças do Mestre, emprestado pelo proprietário da pousada. E eu, com olhar fixo no fogo, perambulava feliz pela imortal terra de sonhos povoada por Rosalinda e Imogênia, Lear e Hamlet.

Foi quando um pequeno suspiro me despertou.

– Não consigo entender nem meia palavra disso aqui – disse Iris.

– E você disse que era tão lindo! – Rosamund acrescentou, em tom de reprovação. – O que significa tudo isso?

– É mesmo – Iris continuou –, você disse que era um conto de fadas, mas a gente leu três páginas, e não tem nada sobre fadas, nem ao menos um duende ou uma fada madrinha.

– E o que significa "malpropício"?

– E "ganhame", e "austeridade", e "presumivelmente", e "édito", e...

– Chega! Chega! – implorei. – Vou contar a história para vocês.

Eles logo se aconchegaram do meu lado, felizes com a promessa que uma boa história sempre lhes traz.

– Mas vocês têm que ficar quietos por um tempo, para me deixarem pensar.

Na verdade, não era fácil organizar na minha cabeça a história de um jeito simples. Mesmo com a lembrança dos recontos de Mary Lamb para me ajudar, percebi que era difícil contar a história de *Sonho de uma noite de verão* com palavras que os pequenos entendessem. Mas não demorei e comecei a contar, e as palavras foram surgindo.

Quando terminei, Iris deu um longo suspiro.

– A história é bonita – ele disse –, mas não se parece nada com a do livro.

– É só o jeito de contar que é diferente – respondi. – Quando você crescer, vai entender que a história é o que menos importa em Shakespeare.

– Mas é das histórias que a gente gosta – disse Rosamund.

– É que ele não escrevia para crianças.

– Não, mas você pode! – Iris deu um grito, empolgado com a ideia repentina. – Por que você não escreve as histórias pra gente poder entender? Desse jeito que você contou essa. E aí, quando a gente crescer, a gente vai conseguir entender as peças bem melhor. Escreve! Escreve!

– Ah! Escreve! Você vai escrever, não vai? Você precisa!

Foi assim que eles resolveram por mim. E para eles essas histórias foram escritas. ■

Romeu e Julieta

Muito tempo atrás, viviam em Verona, na Itália, duas poderosas famílias chamadas Montéquio e Capuleto. Ambas eram bastante ricas e creio que fossem tão sensatas, na maioria dos assuntos, quanto qualquer pessoa rica. Mas, numa coisa, em especial, eram extremamente estúpidas. Havia uma disputa muito, muito antiga entre essas famílias, e, em vez de tentarem resolver seus problemas como faria qualquer pessoa razoável, transformaram essa disputa numa espécie de mascote e jamais deixavam o problema morrer.

Assim, um Montéquio não falava com um Capuleto, se o encontrasse pela cidade – nem vice e versa. Ou melhor, se trocassem por acaso algumas palavras, seriam sempre ofensas e xingamentos, e o encontro geralmente virava uma batalha de rua. Seus amigos e servos comportavam-se de modo igualmente idiota, de maneira que a rivalidade entre os Montéquio e os Capuleto sempre resultava em duelos, brigas e idiotices do mesmo gênero.

Ora, o Senhor Capuleto, chefe da família, ofereceu uma belíssima festa – farto jantar e dança animada – e era tão bom anfitrião que abriu sua casa a todos que quisessem vir... exceto (é claro) os Montéquio.

Acontece que havia um jovem Montéquio, chamado Romeu, que desejava ardentemente estar nessa festa, porque Rosalina, a jovem por quem se apaixonara, fora convidada. E acontece também que essa jovem jamais dera atenção a Romeu, e ele nunca recebera dela nenhum encorajamento para a sua paixão. Mas o fato é que ele queria estar apaixonado por alguém, e, como ainda não havia encontrado a moça certa, se via sem outra alternativa a não ser se apaixonar pela que não era a certa, nem poderia ser. Assim, foi à grande festa dos Capuleto, juntamente com seus amigos Mercúcio e Benvólio.

O Senhor Capuleto recebeu com gentilezas Romeu e seus dois amigos, sem reconhecê-los (estavam de máscara, o que era costume nas festas). E logo o jovem Romeu se misturou à multidão de convidados, todos da mais rica aristocracia local, vestidos com seus veludos e cetins, os homens portando espadas com cabos cravejados de pedras preciosas e usando colares, e as mulheres com cintilantes joias em seus pescoços e braços, exibindo gemas caríssimas nos seus brilhosos corpetes.

Romeu também vestia seus melhores trajes, e, mesmo com aquela máscara negra sobre seu nariz e olhos, qualquer um perceberia, por sua boca e pelos cabelos, assim como pelo modo como sustinha a cabeça, que era uma dúzia de vezes mais bonito do que qualquer outro jovem no salão.

De repente, entre as pessoas que dançavam, Romeu viu uma moça tão linda e tão atraente que, desse momento em diante, não teve mais pensamentos para aquela Rosalina por quem acreditou que estivesse apaixonado.

Seguiu com os olhos essa bela moça, vendo-a se mover graciosamente em meio à dança, vestindo um traje de cetim branco e usando pérolas. Imediatamente, o mundo inteiro pareceu sem sentido e privado de valor, comparado a ela. E era o que estava dizendo – ou algo semelhante – ao seu amigo, Mercúcio, quando Teobaldo, o sobrinho da Senhora Capuleto, escutando sua voz, o reconheceu.

Muito irritado, Teobaldo dirigiu-se prontamente para seu tio e lhe contou que um Montéquio havia penetrado na festa sem ter sido convidado. Mas o Senhor Capuleto era de fato um homem elegante e jamais se comportaria de modo descortês com alguém sob seu teto. Assim, mandou Teobaldo deixar Romeu e seus amigos em paz. O jovem Capuleto, no entanto, aguardaria uma chance para iniciar alguma briga com Romeu.

Nesse meio tempo, Romeu conseguiu chegar junto da bela moça e, com palavras ternas, lhe disse que se apaixonara por ela. Chegou mesmo a beijá-la, e justamente nesse instante a mãe dela mandou chamá-la. Foi somente então que Romeu descobriu que a moça a quem entregara seu coração era Julieta, a filha do Senhor Capuleto, seu inimigo implacável. Assim, foi embora lamentando sua sorte, é verdade, e, no entanto, mais apaixonado do que nunca.

Nisso, Julieta conversava com sua ama:

– Quem é aquele jovem que não está dançando?

– Seu nome é Romeu e é um Montéquio, minha menina, o filho único do nosso grande inimigo – respondeu a ama.

Então, Julieta recolheu-se aos seus aposentos. Lá, ficou olhando, através da janela, para o belíssimo jardim dominado pelo verde e pelos muitos tons de cinza, sob o luar.

Romeu estava escondido no jardim, entre as árvores, porque não suportou ir embora sem vê-la mais uma vez. Assim, sem saber que o rapaz a escutava, ela confessou, em voz alta, ao silencioso jardim o quanto amava Romeu.

Ouvir aquilo foi a maior felicidade que o rapaz já sentira. Ainda escondido, debaixo dela, ergueu os olhos e viu o rosto da moça, iluminado pela lua, emoldurado pelas trepadeiras em flor que circundavam a janela. A voz dela e a visão de sua amada o transportaram, como se houvesse sido carregado num sonho por algum feiticeiro e descido ali, naquele jardim tão lindo, que só podia existir por mágica.

– Ah... Por que você se chama Romeu? – disse Julieta. – Amo você, então que importância tem o seu nome?

– Pois me chame de amor, e de nada mais, e será como se eu tivesse sempre tido somente esse nome. Daqui em diante, não serei mais Romeu – gritou o jovem, saindo do seu esconderijo sob os ciprestes e aloendros e surgindo iluminado em cheio pelo luar.

Num primeiro momento, Julieta teve medo. Mas, quando viu que era o próprio Romeu que estava ali, e não um estranho, ficou muito feliz. Conversaram longamente, ele lá embaixo, no jardim, e ela debruçada para fora da sua janela, cada qual tentando achar as palavras mais ternas do mundo para dizer do amor que sentiam um pelo outro. Tudo o que falaram ali e a melodia de suas vozes reunidas vocês, crianças, poderão descobrir ao ler, algum dia no futuro, o livro encantado no qual essa história está contada.

O tempo passou tão rápido, como sempre acontece quando duas pessoas apaixonadas estão juntas, que, quando chegou o momento em que precisaram se separar, parecia que haviam se encontrado naquele mesmo instante. Não havia jeito de conseguirem dizer adeus.

– Vou mandar alguém procurar você amanhã – disse Julieta, afinal.

E, finalmente, entre muitos rodeios e hesitações, eles se despediram um do outro.

Julieta saiu da janela, e uma pesada cortina ocultou a luz do seu quarto. Já Romeu atravessou o jardim silencioso e às escuras como alguém sonhando de olhos abertos.

Na manhã seguinte, bem cedo, Romeu foi procurar Frei Lourenço, um padre, e, contando-lhe toda a história, lhe suplicou que realizasse sem demora o casamento dele e Julieta. Depois de alguma conversa entre ambos, o frade concordou.

Assim, Julieta mandou sua idosa ama levar um recado a Romeu, indagando o que o jovem pretendia fazer, e a mulher trouxe de volta a mensagem de que tudo estava arranjado, e os acertos, já feitos para o casamento, que seria na manhã seguinte.

O jovem casal de namorados estava receoso de pedir aos pais consentimento para o que planejavam fazer – é o que geralmente acontece com quem é jovem. Mas, no caso deles, tudo se devia a essa estúpida inimizade, já tão antiga, entre os Capuleto e os Montéquio.

Por seu lado, Frei Lourenço decidira realizar o casamento secreto daquele jovem casal porque (assim acreditava), uma vez que fossem marido e mulher, seus pais então poderiam ser informados, e assim terminaria – quem sabe? – essa disputa sem sentido. Um autêntico final feliz.

Assim, na manhã seguinte, bem cedo, Romeu e Julieta se casaram nos aposentos de Frei Lourenço, no convento, e se separaram logo a seguir, entre lágrimas e beijos. Romeu prometeu retornar ao jardim, naquela noite. A ama de Julieta deixou preparada uma escada de cordas pendurada na janela, de modo que Romeu pudesse subir e se encontrar com sua querida esposa, os dois a sós e sem serem perturbados.

Mas, naquele dia, algo terrível aconteceu. Teobaldo, o jovem que ficara tão irritado ao descobrir que Romeu entrara sem convite na festa dos Capuleto, deu com ele e seus dois amigos, Mercúcio e Benvólio, numa praça da cidade, insultou Romeu e o desafiou para um duelo.

Romeu não tinha intenção nenhuma de duelar com o primo de Julieta. Mas Mercúcio desembainhou sua espada e entrou em combate com Teobaldo. E Mercúcio foi morto...

Quando Romeu viu seu amigo sem vida, no chão, não conseguiu pensar em mais nada. O ódio contra quem o havia matado dominou o jovem, e ele se atirou sobre Teobaldo. Os dois duelaram e Teobaldo acabou morto também.

Assim, no mesmo dia em que se casara com Julieta, Romeu havia matado o primo mais querido de sua esposa, e por causa disso foi condenado a deixar a cidade. Por ordem do príncipe, que havia proibido duelos na rua, Romeu deveria ser executado prontamente, onde quer que fosse visto em Verona.

A pobre Julieta e seu jovem marido ainda se encontraram, naquela noite. Romeu subiu pela escada de cordas, por entre as trepadeiras em flor, e entrou na janela de sua amada. Mas o encontro foi muito triste, e eles tiveram novamente de se separar, entre lágrimas sofridas e com o coração despedaçado. Nem sequer sabiam quando iriam se rever.

O pai de Julieta, pouco depois, sem saber, é claro, de nada sobre o casamento da filha, manifestou a vontade de vê-la unida a um nobre da cidade, chamado Paris. Julieta recusou-se a obedecê-lo, e isso o deixou tão zangado que a jovem correu ao Frei Lourenço, pedindo conselho sobre o que deveria fazer. Ele a aconselhou a fingir que aceitava Paris como seu noivo. E acrescentou:

– Vou lhe dar uma poção que vai fazer você parecer morta por dois dias. Então, quando levarem seu corpo para a igreja, será para sepultá-la, não para casá-la. E a colocarão no jazigo da família, pensando que você está morta. Mas, antes que você acorde, Romeu e eu estaremos lá para cuidar de você. Você conseguirá fazer isso tudo? O medo não a impedirá?

– Vou fazer, sim. Não me fale em medo – disse Julieta. Então, retornou para casa e disse a seu pai que aceitava se casar com Paris. Se ela tivesse confessado tudo e contado a seu pai a verdade... bem, então *Romeu e Julieta* seria uma outra história.

O Senhor Capuleto, é claro, ficou bastante contente com o fato de a filha mostrar-se tão obediente. Logo estava convidando os amigos e tomando providências para a festa de casamento.

Todos passaram a noite em claro porque havia muito a se fazer e pouquíssimo tempo para isso. O Senhor Capuleto estava ansioso para que sua filha se casasse porque percebia que ela andava bastante tristonha. Claro que ela sentia saudades de Romeu, mas o pai pensava que ela estava assim por causa da morte do seu primo, Teobaldo. E o Senhor Capuleto acreditava que o casamento poderia dar novo rumo aos sentimentos da moça.

Muito cedo, pela manhã, a ama veio chamar Julieta e vesti-la para o casamento. Mas não conseguiu acordá-la. De repente, a ama soltou um grito:

– Que tragédia! Que tragédia! Acudam logo! Minha jovem senhora está morta! Ah, triste dia em que eu nasci para viver uma perda dessas!

A senhora Capuleto veio correndo, acompanhada do marido e do noivo, Paris. E ali estava Julieta, inerte, fria, pálida, e nem os gemidos de todos à sua volta poderiam despertá-la.

Assim, iria se realizar um sepultamento naquele dia, em vez de um casamento. Nesse meio tempo, Frei Lourenço enviou uma carta por meio de um mensageiro a Mântua, onde estava Romeu. Nela, contava-lhe todo o plano.

Tudo teria dado certo se o mensageiro não tivesse se atrasado. E, além do mais, notícias sobre acontecimentos tristes viajam depressa. Um servo de Romeu, que estava a par do casamento secreto, mas não que a morte de Julieta fora uma simulação, tomando conhecimento do funeral da moça, apressou-se a ir a Mântua contar a Romeu que sua jovem esposa falecera e estava agora num túmulo.

– Tem certeza do que está dizendo? – exclamou Romeu, com o coração aos pedaços. – Se é assim, estarei deitado ao lado de Julieta esta noite.

Dali, foi comprar um veneno poderoso, e voltou a galope para Verona. Arrombou a sepultura onde haviam deixado Julieta. Era um jazigo nas catacumbas da cidade. Aberta a porta, Romeu desceu lentamente os degraus de pedra que o conduziam ao lugar de descanso eterno de todos os Capuleto falecidos. Mas, nesse instante, escutou uma voz, às suas costas, exigindo que parasse.

Era o nobre Paris, que iria se casar com Julieta justamente naquele dia:

– Como você ousa invadir este lugar para perturbar os mortos dos Capuleto, vil Montéquio? – gritou Paris.

O pobre Romeu, meio que enlouquecido pela dor, ainda tentou, em vão, responder brandamente.

– Você foi avisado de que seria morto, caso voltasse a Verona – disse Paris, raivoso.

– É o que vai acontecer. Logo eu estarei morto – retrucou Romeu. – Não vim até aqui por nada mais. Bom e nobre amigo, por favor, me deixe em paz. Vá embora, eu lhe suplico, antes que eu o fira. Eu amo a você mais do que amo a mim mesmo. Por favor, vá!

Então, Paris disse:

– Desafio você a um duelo. E vou levá-lo preso daqui, como um criminoso.

Cego de raiva e de dor, Romeu desembainhou sua espada. Os dois lutaram, e Paris foi morto.

No instante em que a espada de Romeu rasgava sua carne, Paris gritou:

– Ah... estou morto! Se tem piedade de mim, abra o túmulo e me deite ao lado de Julieta.

E Romeu respondeu:

– Juro que farei o que me pede.

Assim, carregou o cadáver do jovem para dentro do túmulo e deitou-o ao lado de sua amada Julieta. Então, ajoelhou-se junto dela, falou aos seus ouvidos e a abraçou, beijando a seguir os lábios gelados da moça.

Ele pensava que Julieta estivesse morta. Só que mais e mais se aproximava o momento em que ela despertaria. A seguir, bebeu a poção e morreu ao lado de sua amada esposa.

E só então, tarde demais, Frei Lourenço chegou, entendendo de imediato o que havia acontecido. A pobre Julieta despertou, enfim, encontrando o marido e seu amigo, ambos mortos, junto a ela.

Só que o barulho da luta entre Romeu e Paris havia atraído outras pessoas à tumba, e Frei Lourenço, escutando a chegada delas, fugiu às pressas, deixando a jovem sozinha.

Ela viu o frasco do veneno bebido por Romeu, e foi o que bastou para entender tudo o que havia ocorrido. Como seu marido não lhe deixara veneno sobrando, desembainhou a adaga dele e a enfiou direto em seu coração. Então, caindo com a cabeça sobre o peito de Romeu, morreu.

Assim termina a infeliz história desses dois jovens tão apaixonados.

Quando, por intermédio de Frei Lourenço, os pais de ambos souberam do que havia acontecido, a dor deles foi imensa, e só então, vendo o mal que resultou das suas estúpidas brigas e disputas, arrependeram-se e, sobre o cadáver de seus filhos, finalmente se deram as mãos, em sinal de amizade e de perdão. ■

O mercador
de Veneza

Antônio era um mercador rico e bastante próspero que morava na cidade de Veneza, na Itália. Seus navios atravessavam praticamente todos os mares. Ele comerciava com Portugal, com a Inglaterra e com a Índia.

Embora orgulhoso de suas riquezas, era bastante generoso e sempre disposto a usar seu dinheiro para socorrer algum amigo passando necessidades. Entre esses amigos, o mais próximo era um jovem chamado Bassânio.

Ora, Bassânio, como muitos outros rapazes elegantes, sempre em busca de diversão e ansiosos por se exibir para as jovens da cidade, era também imprevidente e extravagante. Um dia, deu-se conta de que havia gastado toda a sua fortuna, não podendo nem mesmo pagar suas dívidas. Foi quando recorreu a Antônio, pedindo ajuda.

– Você, Antônio – disse ele –, é a quem mais devo dinheiro e também meu amigo mais querido. Mas imaginei um plano para poder lhe pagar. Preciso, no entanto, que me auxilie a executá-lo.

– É só me dizer o que posso fazer e será feito – respondeu o amigo.

Então, Bassânio disse:

– Em Belmonte, há uma moça rica, ainda solteira, e de todas as partes do mundo chegam pretendentes para cortejá-la. E isso não somente por conta da sua riqueza, mas também por sua beleza e bondade. Acontece que ela ficou me olhando com tanta intensidade na última vez em que nos encontramos, que tenho certeza de superar todos os meus rivais e conquistar o seu amor. Entretanto, preciso de recursos para viajar a Belmonte, onde ela mora.

– Tudo o que possuo – disse Antônio – está nos mares. De modo que não disponho de dinheiro vivo no momento. Mas, felizmente, meu crédito é muito bom em Veneza e posso pedir emprestada a quantia de que você necessita.

Morava, nessa época, em Veneza um rico agiota, chamado Shylock. Antônio sentia por ele uma enorme antipatia, e mesmo certa repulsa. Costumava tratá-lo com rispidez e deboche. Quando cruzava com ele pela cidade, chegava a empurrá-lo, ou mesmo a cuspir nele.

Shylock suportava todas essas humilhações, dando de ombros, conformado, mas, lá no fundo do seu coração, acalentava o desejo de vingança contra aquele mercador rico e tão convencido. Antônio tanto o atingia em seu amor próprio quanto prejudicava seu negócio de usurário. "Se não fosse por ele", lamentava intimamente Shylock, eu possuiria pelo menos meio milhão de ducados a mais. Na praça do mercado, sempre que pode, esse Antônio me ataca por conta das taxas de juros que cobro, e o pior de tudo é que empresta dinheiro sem cobrar juro nenhum!"

Assim, quando Bassânio e Antônio o procuraram, pedindo um empréstimo de três mil ducados por um período de três meses, Shylock ocultou seu ódio e disse a Antônio:

– Por mais que vocês tenham me tratado mal, desejo ser seu amigo e conquistar sua estima. Assim, Antônio, vou lhe emprestar dinheiro sem cobrar juros. Mas, só por brincadeira, vamos assinar um contrato no qual estará firmado que, se você não me pagar ao final de três meses, eu terei o direito de retirar meio quilo de sua carne, da parte do corpo que for da minha preferência.

– Não – gritou Bassânio, procurando deter o amigo. – Não corra um risco desses por minha causa.

– Ora, não tenha medo – riu-se Antônio. – Meus navios estarão de volta um mês antes disso. Aceito assinar esse contrato.

Assim, Bassânio conseguiu os recursos de que precisava para ir a Belmonte tentar obter a mão da adorável Pórcia. Na mesma noite em que partiu, a bela filha do agiota, Jéssica, fugia com seu namorado, um rapaz chamado Lourenço. E não sem antes ter roubado do tesouro do pai algumas sacolas cheias de ducados de ouro e pedras preciosas.

Dava medo ver o pesar e a raiva de Shylock. O amor pela filha de imediato se transformou em ódio.

– Quisera eu que ela estivesse estirada, morta, aos meus pés, com as joias que roubou enfiadas nas orelhas – disse em fúria.

Seu único consolo foi receber uma notícia sobre sérias perdas que Antônio acabara de sofrer com o naufrágio de alguns de seus navios.

– Ah, esperem só ele se lembrar do contrato que assinou! Esperem só ele se lembrar do contrato!

Nesse meio tempo, Bassânio chegou a Belmonte e a primeira coisa que fez foi visitar a bela Pórcia. Conforme havia previsto na conversa com Antônio, os rumores sobre sua beleza e fortuna haviam atraído pretendentes de toda a parte. Mas, para todos, Pórcia não teve se não uma única resposta. Ela somente aceitaria como marido aquele que se comprometesse a cumprir os termos do testamento do seu pai. E havia nesse testamento condições capazes de afugentar o mais ardente apaixonado.

Isso porque aquele que se candidatasse a conquistar o coração e a mão de Pórcia teria de adivinhar em qual das três caixas estava escondido o retrato da moça. Se acertasse, Pórcia seria sua esposa; mas, se o palpite estivesse errado, teria de jurar que nunca revelaria qual caixa havia escolhido, e ainda que jamais se casaria, além de ter de partir imediatamente e para sempre.

Cada caixa era feita de um material: ouro, prata e chumbo. A de ouro trazia a seguinte inscrição: "Quem me escolher haverá de ganhar o que muitos homens precisam dar a vida para contemplar". Na de prata, lia-se: "Quem me escolher haverá de ganhar aquilo que merece"; e na de chumbo, estava escrito: "Quem me escolher deve doar e arriscar tudo o que possui".

O príncipe do Marrocos, tão corajoso quanto negra era a sua pele, foi um dos primeiros a se submeter ao teste. Acreditava que nem o vulgar chumbo nem a prata poderiam guardar o retrato de Pórcia.

Assim, escolheu a caixa de ouro, e em seu interior encontrou uma caveira, representando a morte.

Depois, foi a vez do orgulhoso príncipe de Aragão, que disse:

– Se devo obter o que mereço, é evidente que mereço essa moça.

Assim, escolheu a caixa de prata, e dentro dela encontrou o retrato de um homem com aspecto de idiota.

– Mas é só isso o que eu mereço? – exclamou irritado.

Por fim, chegou a vez de Bassânio, e Pórcia se sentiu tentada a impedir que ele fizesse a escolha, com medo de que seu palpite fosse errado. Isso porque já o amava de todo o coração, do mesmo modo como o moço a amava.

– Não – protestou Bassânio. – Deixe que eu escolha logo uma das caixas, para que essa agonia termine de vez.

Então, Pórcia ordenou aos servos que trouxessem instrumentos musicais e que tocassem enquanto seu galante amado decidia qual caixa iria escolher. Bassânio fez o mesmo juramento dos pretendentes anteriores e encaminhou-se para o centro do salão, enquanto os músicos tocavam a mais suave das melodias.

– Mera ostentação – declarou ele – deve ser desprezada. O mundo sempre se ilude com os ornamentos, e, assim, não vou escolher nem o espalhafato do ouro, nem o brilho da prata. Escolho a caixa de chumbo, e que seja esta uma decisão feliz.

Abrindo-a, encontrou dentro o retrato de Pórcia, e imediatamente, sem acreditar, voltou-se para ela, perguntando-lhe se a moça realmente lhe pertenceria.

– Sim – garantiu Pórcia. – Sou sua, e esta casa também passa a lhe pertencer. Com ela, lhe dou este anel, que você jamais deverá tirar do seu dedo.

Bassânio mal conseguia falar de tanta alegria. Mesmo assim achou palavras para jurar que, enquanto vivesse, jamais tiraria aquele anel.

Mas, subitamente, toda a sua alegria foi substituída pela tristeza. Mensageiros chegados de Veneza o informaram que

Antônio estava arruinado e que Shylock procurara o doge para exigir o cumprimento do contrato, pelo qual estava autorizado a extrair meio quilo de carne do jovem mercador. Pórcia ficou tão penalizada quanto Bassânio ao saber do perigo que ameaçava o amigo de seu noivo.

– Antes de tudo – disse ela –, leve-me à igreja e me torne sua esposa. Depois vá para Veneza, socorrer seu amigo. Deve levar também vinte vezes a soma e dinheiro de que precisa para pagar a dívida.

Só que, assim que o homem com quem acabara de se casar partiu, Pórcia se pôs a caminho, seguindo-o, e chegou a Veneza disfarçada de juiz, inclusive com uma carta de apresentação de um celebrado magistrado, de nome Belário, a quem o doge de Veneza havia chamado para julgar a questão levantada por Shylock. O agiota continuava reivindicando o seu direito a meio quilo da carne de Antônio.

Quando a corte se reuniu, Bassânio ofereceu a Shylock o dobro do dinheiro que havia pegado emprestado, para que ele desistisse de sua demanda. Mas a resposta dura e direta do agiota foi:

– Se cada um desses seis mil ducados fosse dividido em seis partes, e se cada uma dessas partes fosse um ducado inteiro, eu não os aceitaria como quitação da dívida. O prazo de pagamento já ficou para trás e eu exijo o cumprimento do contrato.

Nesse momento, entrou no salão Pórcia, com seu disfarce, e nem mesmo seu marido a reconheceu. O doge lhe deu as boas-vindas em virtude da carta de apresentação de Belário, e deixou o caso em suas mãos.

Em dignas palavras, a moça pediu a Shylock que tivesse piedade de Antônio, mas o agiota se mostrou surdo ao apelo.

– Quero o meu meio quilo de carne extraída desse idiota que emprestava dinheiro sem cobrar juros – disse Shylock.

– E você – indagou Pórcia, dirigindo-se a Antônio –, o que tem a dizer?

– Muito pouco – respondeu ele. – Aceitarei a decisão do tribunal.

– A corte garante a você o direito de extrair meio quilo da carne de Antônio – disse Pórcia ao agiota.

– Que juiz honesto! – exclamou Shylock. – Que venha então a sentença.

– Um instante, ainda. Pelo que leio nesse contrato, o documento lhe dá direito somente à carne de Antônio, e não ao sangue dele. No entanto, se, no ato de extraí-la, você derramar uma gota que seja do sangue de Antônio, todos os seus bens serão confiscados pelo Estado, e você será executado. É o que diz a Lei.

Percebendo-se sem saída, Shylock arriscou:

– Nesse caso, aceito a oferta de Bassânio.

– Não – disse Pórcia, com severidade. – Você somente poderá sair daqui com o que estipula o contrato assinado. Extraia, então, meio quilo de carne, e lembre-se ainda: se tirar mais, ou menos, mesmo que a diferença pese igual a um fio de cabelo, perderá tudo o que possui e também a sua vida.

Shylock ficou apavorado:

– Deem-me então os três mil ducados que ele me deve, e que ele parta em paz.

Bassânio fez menção de entregar o dinheiro ao agiota, mas Pórcia o deteve:

– Não! – decretou Pórcia. – Ele deverá obter o que o contrato estipula e nada mais! – E acrescentou: Ora, você, um estrangeiro, tentou tirar a vida de um cidadão veneziano. Assim, pelas leis de Veneza, seus bens e sua vida serão tirados. A não ser que você se ajoelhe e peça clemência ao doge.

Era uma total inversão da situação, e não se teria piedade alguma em relação a Shylock, se não fosse por Antônio. Assim, metade da fortuna do agiota passou para as mãos do doge e a outra metade ele teve de doar ao marido de sua filha... E que se desse por satisfeito com isso.

Bassânio, agradecido ao inteligente juiz, teve de atender ao pedido deste – que o rapaz lhe desse o anel que trazia no dedo. Bassânio resistiu, mas, constrangido pelo juiz e por Antônio, acabou cedendo.

Retornando a Belmonte, Pórcia mostrou-se bastante zangada com Bassânio, e chegou mesmo a jurar que jamais faria as pazes com o marido, a não ser que ele recuperasse o anel. Mas, depois de um tempo, acabou confessando que fora ela, disfarçada de juiz, que salvara a vida de Antônio, e que o enganara para conseguir que ele lhe desse o anel. Assim, Bassânio foi perdoado, e ficou mais feliz ainda por descobrir que havia ganhado um prêmio mais precioso do que pensara na loteria das caixas de ouro, prata e chumbo. ■

Noite de reis

Orsino, o duque da Ilíria, estava profundamente apaixonado por uma belíssima condessa chamada Olívia. Mas de nada adiantava amá-la tanto, porque ela desprezava toda a atenção dele. Aconteceu então de morrer o irmão da condessa, e ela enviou uma mensagem ao duque comunicando que, por sete anos, não permitiria que nenhuma brisa roçasse seu rosto, e que, como uma freira, usaria sempre um véu, em sinal de luto e saudade pelo irmão falecido, a quem guardaria para sempre, com tristeza, em sua lembrança.

O duque sentia falta de alguém com quem pudesse desabafar sua dor e a quem pudesse contar repetidamente a história do seu amor. O destino lhe traria em breve a companhia que ele tanto desejava.

Foi mais ou menos nessa época que um grande navio naufragou na costa da Ilíria. Entre os que conseguiram se salvar, estavam o capitão e uma bela jovem, chamada Viola.

Mas Viola não se mostrava tão agradecida assim por ter sobrevivido aos perigos do mar, já que estava tomada pelo receio de que seu irmão gêmeo houvesse se afogado. Chamava-se Sebastião, e era muitíssimo querido por Viola, além de ser tão parecido com ela que, se não fosse a diferença de trajes, ninguém conseguiria distinguir um do outro. O capitão, para lhe dar esperanças, disse que havia ordenado a Sebastião que se amarrasse ao mastro mais grosso do navio, que certamente flutuaria no mar, e assim acreditava que ele pudesse ter se salvado.

Ao chegar à praia, Viola nem sequer sabia em que país vieram dar. Mas logo lhe disseram que um jovem duque, chamado Orsino, era o senhor daquelas terras. Por conta disso, ela decidiu se disfarçar com roupas de homem e pedir emprego como pajem do duque.

Viola conseguiu o que queria, e era a ela, dia após dia, que Orsino contava a história do seu amor frustrado. No início, a moça sentiu forte simpatia por ele, mas logo esse sentimento se transformou em amor. Finalmente, ocorreu a Orsino que seu caso de amor sem esperança poderia ganhar rumo favorável se enviasse aquele rapaz tão bonito para cortejar Olívia em seu nome.

Mesmo a contragosto, Viola teve de assumir a tarefa, mas, quando chegou à casa da moça, Malvólio, o mordomo de Olívia, um homem maldoso, arrogante, controlador, cumprindo com prazer as ordens de sua ama, proibiu a entrada dela.

Cesário (era esse o nome que Viola usava agora) recusou-se a receber uma negativa e exigiu falar com a condessa. Já Olívia, ao escutar suas ordens serem desafiadas, e curiosa por conhecer esse jovem tão atrevido, disse:

– Vamos escutar mais uma única vez os rogos de Orsino.

Viola foi então levada à presença de Olívia, que mandou então os empregados se retirarem. Ela escutou educadamente os muitos apelos que esse corajoso mensageiro lhe transmitiu, da parte do Duque, e isso bastou para que se apaixonasse por Cesário.

Quando o mensageiro foi embora, Olívia sentiu vontade de mandar alguma afetuosa lembrança de presente para ele. Assim, chamando Malvólio, ordenou-lhe que seguisse o rapaz.

– Ele deixou para mim este anel – disse ela, tirando um dos anéis que usava nos dedos. – Diga-lhe que não o quero.

Malvólio cumpriu as ordens que recebera e seguiu Viola, que obviamente sabia muito bem que não havia dado anel algum a Olívia. A moça percebeu, com a argúcia que toda mulher tem nesses assuntos, que a condessa havia se apaixonado por ela. Então, apresentou-se novamente ao duque, com o coração entristecido por causa do seu amado, de Olívia e de si própria.

Era pouco o consolo que podia dar a Orsino, e o duque começou a buscar alívio para sua dor amorosa escutando suaves melodias, com Cesário junto dele.

– Ah – suspirou o duque, dirigindo-se ao seu pajem, naquela noite. – Vejo que você também já esteve apaixonado.

– Mais ou menos – respondeu Viola.

– E como era a moça? – quis saber o duque.

– Parecida com o senhor, meu amo.

– Que idade tinha? – perguntou o duque.

E a resposta foi dada sem hesitar:

– A mesma que o senhor tem, amo.

– Céus te protejam! – exclamou o duque. – Era velha demais para você. A mulher deve se casar com um homem mais velho do que ela.

E Viola respondeu:

– Também penso assim, meu senhor.

Mas logo Orsino pedia a Cesário que fosse mais uma vez ver Olívia, para lhe transmitir seus protestos de amor. A moça, tentando convencê-lo a desistir da condessa, disse:

– E se uma moça amasse o senhor na mesma intensidade com que ama Olívia?

– Ah, isso não pode acontecer – disse o duque.

– Mas sei muito bem – prosseguiu Viola – a força do amor que uma mulher pode sentir por um homem. Meu pai teve uma filha que amava um homem com tanto ardor quanto se é possível sentir e... – ela se deteve por um instante, com as faces coradas – talvez, se fosse eu uma mulher, amaria assim a Sua Alteza.

– Conte-me a história dessa sua irmã – ordenou o duque.

– Não há o que contar, meu senhor – disse Olívia. – Ela jamais declarou seu amor ao ser amado. Ocultou-o como se fosse um verme num botão de flor que houvesse penetrado em suas faces. Era algo que existia somente nos pensamentos dela e, com uma melancolia pálida e amarelada, deixou-a paralisada, sem ação, como uma estátua, sorrindo, embora com o coração despedaçado. Não seria este um amor genuíno?

– E será que a sua irmã morreu por causa desse amor, meu jovem? – indagou o duque. Viola, que todo esse tempo esteve falando do seu próprio amor por aquele homem, disse:

– Sou eu o único filho e filha que resta ao meu pai, meu senhor. Devo mesmo ir ao encontro da condessa?

– Sim, e com a maior pressa – respondeu o duque, já tendo se esquecido por completo da história que escutara de Viola. – Entregue-lhe em meu nome esta joia!

Viola obedeceu à ordem do duque, e, dessa vez, a pobre Olívia se viu incapaz de ocultar seu amor. Confessou-o de modo tão apaixonado e sincero que Viola precisou fugir dela, com rapidez, dizendo:

– Jamais tornarei a lhe falar dos sofrimentos do meu amo.

Mas, ao fazer esse juramento, Viola não sabia a terna piedade que sentiria em relação ao sentimento de outrem. Já Olívia, sob o ímpeto do seu amor, enviou um mensageiro pedindo a Cesário que a fosse ver uma vez mais. Cesário não teve coragem para se recusar a atendê-la.

Entretanto, as atenções que Olívia dedicou a esse humilde pajem despertaram a inveja de Sir André Aguechek, um homem tolo, cujo amor Olívia rejeitara. Nessa ocasião, estava hospedado na casa, visitando o animado tio da moça, um senhor já idoso, Sir Tobias, que adorava pregar peças nos outros.

Sir Tobias, conhecendo Sir André, sabia que se tratava de um covarde. Pensou então em promover um duelo entre ele e Cesário, somente para se divertir. Assim, convenceu Sir André a escrever um desafio, que ele próprio entregou a Cesário. O pobre pajem, aterrorizado, disse:

– Vou retornar agora mesmo à casa do meu amo. Não sou um lutador.

– Você não fugirá assim – declarou Sir Tobias –, a não ser que primeiro duele comigo.

Vendo que Sir Tobias era um homem forte, apesar da idade, Viola achou mais aconselhável aguardar a chegada de Sir André.

Finalmente, quando Sir André chegou, tremendo de medo, Viola desembainhou sua espada, e o cavaleiro seguiu seu exemplo. Para sorte de ambos, nesse momento, alguns funcionários da corte apareceram e interromperam o pretendido duelo. Viola ficou muito satisfeita de fugir dali o mais depressa que pôde, tendo Sir Tobias gritando às suas costas:

– Um rapaz muito medroso, esse, mais covarde do que uma égua.

Ora, enquanto tudo isso acontecia, Sebastião conseguia safar-se de morrer no mar e chegava a salvo na Ilíria. Logo decidiu dirigir-se à corte do duque, e, em seu caminho, passou pela casa de Olívia, justamente a tempo de ver Viola escapando a toda pressa de lá. E com quem o rapaz iria esbarrar, senão com Sir André e Sir Tobias?

Sir André, confundindo-o com Cesário, que agora imaginava ser um rapaz covarde, encheu-se de coragem e atacou-o aos berros:
– Tome isso! E isso! E isso!

– E você tome isso! E isso! E isso! – retrucou Sebastião, revidando o ataque com enorme energia, descarregando nele sua espada tantas e tantas vezes que Sir Tobias precisou intervir para salvar seu amigo. No entanto, Sebastião desvencilhou-se de Sir Tobias, e, brandindo sua espada, teria enfrentado a ambos se não fosse por Olívia, que, escutando o rumor da luta, chegou, esbaforida, repreendendo Sir Tobias e Sir André. A moça fez com que os dois se afastassem dali, e, voltando-se, então, para Sebastião, que agora pensava ser Cesário, implorou-lhe com as palavras mais ternas que o rapaz entrasse na casa com ela.

Já parcialmente seduzido – e mesmo estonteado – pela beleza e elegância da condessa, aceitou o convite. Tanta era a urgência de Olívia que se casaram naquele mesmo dia, sem que a moça sequer tivesse tempo de descobrir que ele não era Cesário, nem que Sebastião pudesse ter certeza de que o que estava acontecendo não era um sonho.

Nesse meio tempo, Orsino, já sabendo que Cesário fugira da casa de Olívia, visitou-a, pessoalmente, levando Cesário consigo. Olívia os recebeu do lado de fora da casa, e, ao ver ali aquele que ela pensava ser seu marido, repreendeu-o por tê-la deixado, enquanto, ao duque, declarou que suas juras de amor eram tão ferinas e repugnantes aos seus ouvidos quanto uivos seriam a quem estivesse acostumado à música.

– Então ainda se mostra tão cruel comigo, senhora?
– Como sempre – respondeu ela.

Então, com sua raiva tornando-se maldade, ele jurou que, para se vingar dela, mataria Cesário, a quem sabia que ela amava.

– Aproxime-se, pajem – ordenou o duque.

E Viola, indo em sua direção, disse:

– Se isso lhe servirá de consolo, eu morrerei mil vezes!

Foi imenso o pavor que tomou conta de Olívia, que então gritou:

– Cesário, meu marido, pare.

– Seu marido? – repetiu o duque, furioso.

– Não é verdade, meu amo – disse Viola.

– Que tragam aqui o padre – protestou Olívia.

O padre que havia celebrado o casamento de Olívia e Sebastião se apresentou diante deles, e confirmou que Cesário era marido da condessa.

– Ah, seu rapazote mentiroso! – exclamou o duque. – Adeus para sempre. Vá embora destas terras e leve sua esposa, mas tenha certeza de ir para onde jamais haja o risco de nos encontrarmos.

Nesse momento, Sir André Aguechek surgiu com a cabeça sangrando. O homem reclamava que Cesário havia partido seu crânio, assim como o de Sir Tobias.

– Mas eu não feri nenhum dos dois – protestou Viola, com veemência. – O senhor é que desembainhou sua espada contra mim, mas tentei argumentar, com toda calma, e não os agredi.

Apesar de se mostrar tão sincera, ninguém acreditou em Viola. Só que todos ficaram de boca aberta quando, de repente, Sebastião veio se juntar a eles.

– Minha senhora, sinto muito ter machucado seus parentes – disse ele à esposa. – Perdoe-me, minha querida, no mínimo por conta dos votos que trocamos não faz nem um dia.

– Um mesmo rosto, uma mesma voz, um mesmo traje, e duas pessoas – exclamou, exasperado, o duque, alternando o olhar entre Viola e Sebastião.

– Uma maçã partida em duas metades – disse alguém –, e ambas não seriam mais gêmeas do que estas duas criaturas. Qual dos dois é Sebastião?

– Não tenho um irmão – afirmou Sebastião. – Tive uma irmã, que as escuras e brutais ondas do mar devoraram. Fosse você uma mulher – disse ele a Viola –, eu deveria estar derramando lágrimas em suas faces e bradando "triplamente bem-vinda de volta das profundezas das águas, Viola".

Então, Viola, felicíssima de ver o irmão vivo, confessou, afinal, que era de fato sua irmã. E já enquanto falava, Orsino sentiu dentro de si a piedade por ela, como prenúncio do amor.

– Rapaz – disse ele –, você me disse uma centena de vezes que jamais amaria mulher alguma como ama a mim.

– Tudo que eu disse repito agora, sob juramento – replicou Viola. – E que meu juramento seja eterno.

– Conceda-me sua mão – disse Orsino, exultante de felicidade. – Você será minha esposa e minha bela rainha.

Assim, a meiga Viola obteve a felicidade, enquanto Olívia encontrou em Sebastião um amado fiel e um bom marido, e ele, nela, uma esposa sincera e apaixonada. ∎

Hamlet

Hamlet era o filho único do rei da Dinamarca. Amava profundamente seus pais e sentia-se feliz por ser amado por uma bela e delicada moça, chamada Ofélia. O pai dela, Polônio, era o primeiro-ministro do rei.

Enquanto Hamlet estava fora do país, estudando em Wittenberg, seu pai morreu. Possuído pela dor, o jovem Hamlet apressou-se a retornar para casa, e lá foi informado de que uma serpente havia picado o rei, provocando seu falecimento.

Entretanto, para o jovem príncipe, que amara tanto seu pai, foi um choque muito grande encontrar a mãe decidida a se casar de novo, não tendo se passado sequer um mês do falecimento do marido. E ela iria se casar logo com o irmão do rei morto.

Hamlet recusou-se a tirar o luto para o casamento.

– Não é somente o preto com que cubro meu corpo – disse – que demonstra o quanto sinto minha perda. Meu coração está de luto pela morte do meu pai. Pelo menos o filho dele ainda o lembra e chora sua partida.

Disse então Cláudio, o irmão do rei:

– Essa tristeza toda não é razoável. Claro que deve lamentar a perda do seu pai, mas...

– Ah – exclamou Hamlet amargamente –, acontece que não consigo em apenas um mês esquecer aqueles que amei.

Com isso, a rainha e Cláudio o deixaram de lado, para poderem cuidar dos preparativos da festa, afastando do pensamento o pobre rei, tão bondoso, que até a sua morte se mostrara extremamente generoso com ambos.

Por seu lado, o solitário Hamlet começou a se perguntar o que deveria fazer. Isso porque não conseguia acreditar na história sobre a picada da serpente. Parecia muito evidente ao príncipe que o perverso Cláudio havia assassinado o rei para obter a coroa e se casar com a rainha. No entanto, Hamlet não tinha provas e não poderia acusar Cláudio.

Ainda perdido nesses pensamentos, encontrou-se com Horácio, seu colega de estudos em Wittenberg.

– O que o traz aqui? – perguntou Hamlet, depois de cumprimentar gentilmente o seu amigo.

– Vim assistir aos funerais do seu pai, meu senhor.

– Creio que está enganado. Veio foi para assistir ao casamento da minha mãe – retrucou Hamlet, azedo. – Meu pai! Jamais porei de novo os olhos em seu rosto...

– Meu senhor – disse então Horácio –, acredito ter visto seu pai na noite passada.

A um Hamlet tomado de espanto, Horácio relatou que, com outros dois oficiais da guarda, havia visto o fantasma do rei, vagando no alto das muralhas do castelo.

Logo depois do escurecer, Hamlet dirigiu-se ao local apontado por Horácio e ficou esperando. À meia-noite, com efeito, o fantasma do rei, envergando sua armadura de combate, apareceu no alto das muralhas, sob o luar gélido. Hamlet era um jovem corajoso. Não fugiu do fantasma. Pelo contrário, conversou com ele, e chegou mesmo a atender a seu apelo para que se dirigissem a um ponto mais retirado, onde o fantasma lhe contou que tudo do que Hamlet suspeitava era verdade.

O perverso Cláudio havia mesmo assassinado seu bom irmão, o rei, pingando gotas de veneno no ouvido dele, enquanto o soberano dormia, à tarde, em seu pomar.

– E você – prosseguiu o fantasma – tem a obrigação de vingar esse crime cruel, punindo meu irmão. No entanto, nada faça contra a rainha, porque eu a amei e ela é sua mãe. Lembre-se sempre de mim!

Então, vendo que o dia logo nasceria, o fantasma desapareceu.

– Agora – disse Hamlet – nada há a fazer, a não ser buscar a vingança. Lembrá-lo? Ora, não me lembrarei de nada mais, nem de livros, nem de divertimentos, nem de minhas amizades. Que tudo seja afastado e somente a vingança permaneça em meus pensamentos.

Assim, quando seus amigos retornaram, Hamlet os fez jurar que manteriam segredo sobre o fantasma, e deixou as muralhas – agora acinzentadas sob a luz misturada do luar e do alvorecer –, entrando de volta no castelo – determinado a planejar como poderia melhor vingar o assassinato do seu pai.

O choque de ver e de escutar o fantasma do seu pai quase o deixou louco, e, com receio de que seu tio desconfiasse de sua perturbação, decidiu ocultar seu insano anseio por vingança, fingindo ter enlouquecido.

Quando se encontrou afinal com sua noiva Ofélia, que tanto o amava, e a quem ele dera presentes, enviara cartas e jurara amar também, comportou-se de modo tão ríspido que ela não teve dúvidas de que ele havia enlouquecido. Acontece que ela o amava tanto que não conseguiria acreditar que ele a tratasse tão cruelmente, a não ser que houvesse de fato perdido a razão.

Foi isso que disse a seu pai, mostrando-lhe ainda uma bela carta de Hamlet. Na carta, havia umas tantas sandices e este lindo poema:

Duvide que as estrelas estejam em fogo;
duvide que o sol se mova de fato;
duvide que a verdade tenha se transformado em mentira;
mas jamais duvide do meu amor.

Daí para frente, todos acreditaram que a causa da loucura de Hamlet fosse o amor.

O pobre Hamlet estava muito entristecido. Desejava obedecer ao fantasma, mas no fundo continuava a ser um jovem gentil e generoso demais para matar outro ser humano, mesmo que fosse o assassino do seu pai. E, por vezes, perguntava-se se o fantasma haveria dito a verdade.

Nessa ocasião, alguns atores chegaram à corte. Hamlet instruiu-os para interpretar uma determinada peça diante do rei e da rainha. Ora, essa peça era a história de um homem que havia sido assassinado em seu jardim por um parente próximo, o qual, a seguir, casou-se com a viúva da sua vítima.

Sentado em seu trono e com sua rainha ao seu lado, além de toda a corte à sua volta, o perverso rei ficou muito abalado ao ver encenada no palco a cena em que o malvado parente pinga veneno no ouvido do homem adormecido. Foi o que bastou para que Cláudio se levantasse subitamente e deixasse às pressas o salão, com a rainha e outros nobres a segui-lo.

Então, Hamlet disse a seus amigos:

– Agora tenho certeza de que o fantasma falou a verdade. Se Cláudio não houvesse cometido o assassinato, não ficaria tão transtornado ao assistir essa cena.

A rainha mandou chamar Hamlet, a pedido do rei, para repreendê-lo, entre outras coisas, por sua conduta durante a peça. E Cláudio, querendo saber exatamente o que aconteceria ali, enviou o velho Polônio, com ordens para que ele se escondesse atrás da cortina, nos aposentos da rainha, e escutasse tudo o que ali fosse dito, para lhe contar depois.

Durante a conversa, a rainha aos poucos foi ficando assustada com as palavras agressivas e estranhas de Hamlet. Em dado momento, chegou a gritar, pedindo ajuda, e Polônio, detrás da cortina, gritou também.

Pensando que fosse o rei escondido ali, Hamlet desferiu uma estocada com sua espada na cortina, e, assim, por infelicidade, matou o pai de Ofélia.

Então, isso fazia de Hamlet alguém que não somente ofendera o rei, seu tio, e a rainha, sua mãe, como aquele que havia assassinado o pai da sua amada.

– Oh – gritou a rainha – que ato mais funesto e sangrento você acaba de praticar!

Amargurado, Hamlet retrucou:

– Quase tão condenável quanto matar um rei e se casar com seu irmão.

Então, Hamlet confessou à sua mãe tudo o que escondia em seus pensamentos e em seu espírito, principalmente como descobrira sobre o assassinato do seu pai. Ele lhe implorou que pelo menos se afastasse de Cláudio, que havia assassinado o bom rei. Enquanto falava, de novo o fantasma do rei apareceu diante de Hamlet, mas a rainha não podia vê-lo. Assim, quando o fantasma partiu, mãe e filho foram cada qual para seu lado.

Quando a rainha contou a Cláudio o que havia se passado e sobre a morte de Polônio, ele disse:

– Isso demonstra sem mais nenhuma dúvida que Hamlet está louco. Considerando que matou o nosso primeiro-ministro, é para a própria segurança dele que devemos levar adiante nosso plano de mandá-lo para a Inglaterra.

Assim, Hamlet foi forçado a viajar, sob a guarda de dois cortesãos de confiança do rei, os quais levavam cartas para o rei inglês, nas quais se pedia que Hamlet fosse morto.

Só que, muito inteligente, Hamlet arrumou um meio de ler as tais cartas e trocou-as por outras em que pedia que justamente os dois traiçoeiros cortesãos fossem executados. Assim que o navio chegou à Inglaterra, Hamlet escapou a bordo de um navio pirata, separando-se dos seus dois acompanhantes, que foram ao encontro do seu destino.

Hamlet apressou-se a retornar para casa, mas, nesse meio tempo, mais uma tragédia aconteceu. A bela e infeliz Ofélia, sucumbindo à perda do seu pai e do seu amado, enlouquecera, e vagava em delírios, pela corte, com talos de palha, ervas e flores nos cabelos, falando coisas sem sentido. Certo dia, aproximando-se de um riacho à beira do qual cresciam salgueiros, tentou pendurar uma guirlanda de flores num dos galhos e caiu na água, junto com todas as suas flores, morrendo afogada.

Hamlet a amava muito, apesar de sua encenação de loucura tê-lo obrigado a ocultar seus sentimentos em relação à moça. Mas, quando chegou à corte, encontrou o rei, a rainha e todos os demais aos prantos, durante os funerais da jovem, adorada por todos.

O irmão de Ofélia, Laerte, também estava chegando à corte, e pedia justiça pela morte do pai, o velho Polônio. Com o coração aos pedaços, ele desceu à sepultura de Ofélia para abraçá-la uma última vez.

– Eu a amava mais do que poderiam amá-la quarenta mil irmãos – gritou Hamlet contra Laerte, e saltou para dentro do túmulo, perseguindo-o.

Os dois lutaram até serem apartados. Então, Hamlet pediu a Laerte que o perdoasse:

– Eu não poderia suportar – disse o príncipe – que alguém, mesmo um irmão, parecesse amá-la mais do que eu.

No entanto, o perverso Cláudio não deixaria que ficassem amigos. Ele contou a Laerte que Hamlet matara Polônio e então os dois planejaram uma cilada contra o príncipe.

Laerte desafiou Hamlet para um torneio de esgrima, diante da corte inteira. Só que Hamlet ficou com a espada com uma proteção na ponta, como era de praxe nos duelos esportivos, enquanto a proteção da ponta da espada de Laerte foi retirada. Além disso, o irmão de Ofélia afiou a lâmina de sua arma e banhou a ponta em veneno. Por seu lado, Cláudio deixara preparada uma taça de vinho envenenado, para dar a Hamlet quando ele, sentindo calor com a disputa de esgrima, pedisse algo para beber.

Assim, Laerte e Hamlet começaram a lutar, e Laerte, depois de algum tempo trocando golpes, acertou Hamlet com uma profunda estocada. Irritado com a traição, Hamlet acirrou a luta, que agora era para valer. Num dado momento, ambos deixaram escapar suas espadas e, ao retomá-las, sem perceberem, as haviam trocado. Era Hamlet agora que empunhava a arma com ponta descoberta e embebida em veneno. Com uma estocada apenas, varou Laerte, que caiu morto pela sua própria armadilha.

Nesse momento, a rainha soltou um berro:

– O vinho! O vinho! Oh, meu amado Hamlet, fui envenenada.

Ela havia bebido um pouco do vinho da taça que o rei reservara para Hamlet, e, assim, Cláudio viu a rainha, a quem, apesar de ser um homem cruel, amava apaixonadamente, cair morta aos seus pés.

Ofélia estava morta, e também Polônio, a rainha e Laerte, além dos dois cortesãos que haviam sido enviados à Inglaterra.

Finalmente, Hamlet reuniu coragem para atender ao pedido do fantasma e vingar a morte do seu pai – e se tivesse tido antes essa atitude, todas as demais vidas teriam sido poupadas e ninguém sofreria dano algum, a não ser o perverso rei, que bem merecia morrer.

Hamlet enfim exibiu a grandeza necessária para fazer o que devia, e, voltando a espada contra o falso rei, bradou:

– Aqui, veneno! Faça seu serviço! – e Cláudio caiu morto.

Assim, ao final, Hamlet havia honrado a promessa que fizera ao seu pai. Tendo completado sua missão com êxito, ele também morreu – já que havia sido ferido antes por Laerte. Os presentes no salão, todos seus amigos, assistiram sua morte, entre orações e lágrimas, assim como lamentou profundamente o povo que tanto o amava.

E assim termina a trágica história de Hamlet, o príncipe da Dinamarca. ∎

A tempestade

Próspero, duque de Milão, era um homem culto e estudioso que vivia entre seus livros, deixando a administração do ducado para seu irmão, Antônio, no qual confiava plenamente.

No entanto, essa confiança foi mal retribuída, já que Antônio, intimamente, desejava se apossar da coroa, e, para atingir seus propósitos, chegaria até mesmo a matar seu irmão, se não fosse o amor do povo pelo duque.

Mas, com a ajuda do maior inimigo de Próspero, Alonso, rei de Nápoles, conseguiu tomar o ducado e as distinções, o poder e a riqueza que isso incluía. Para tanto, levaram Próspero para uma jornada no mar e, quando já haviam se afastado do litoral, enfiaram-no à força num pequeno bote, sem remos, mastro nem vela. Era tanta a maldade e o ódio deles que colocaram sua filha, Miranda, ainda pequena (três anos incompletos), no bote, junto com o duque, e mandaram o navio se afastar, abandonando pai e filha ao seu destino.

Mas, entre os cortesãos, havia um que se mantinha fiel ao seu amo. Impedir que o duque fosse pego na armadilha teria sido impossível, mas muito poderia ainda ser feito para lhe prestar ajuda, por parte desse vassalo valoroso, que amava Próspero com since-ridade. Seu nome era Gonçalo, e ele, às escondidas, conseguiu colocar no bote água fresca e provisões, além de cobertas e, o que o duque mais valorizava, alguns de seus preciosos livros.

O navio terminou sendo jogado na praia de uma ilha, onde finalmente Próspero e sua filhinha puderam desembarcar em segurança. Acontece que essa ilha era enfeitiçada e por anos esteve submetida aos encantamentos de uma bruxa perversa, chamada Sicorax. Ela costumava aprisionar, nos troncos das árvores, todos os bons espíritos que encontrava por lá.

Sicorax morreu pouco depois de Próspero chegar, mas esses espíritos, comandados por Ariel, permaneciam aprisionados.

Próspero era um feiticeiro poderoso, já que, desde que entregara a administração dos negócios de estado ao seu irmão, devotava-se quase inteiramente ao estudo da magia.

Com sua mágica, conseguiu libertar os espíritos, mantendo-os depois submetidos às suas ordens. Na verdade, eram súditos mais leais do que os que ele tivera em Milão. Isso porque os tratava com generosidade, contanto que atendessem sempre suas vontades, e exercia seu poder sobre eles com sabedoria e bondade.

A somente uma das criaturas julgou necessário tratar de modo mais duro. Seu nome era Caliban, o filho da amaldiçoada bruxa perversa, um monstro deformado e vil, que horrorizava a quem o olhasse, além de praticar as ações mais malignas e brutais.

Anos se passaram. Miranda já estava crescida e havia se tornado uma moça muito bela e atraente. Então, aconteceu de Antônio, juntamente com Alonso e seu irmão, Sebastião, e Ferdinando, seu filho, viajarem de navio, juntos, assim como o velho Gonçalo. Por acaso, a embarcação em que estavam veio dar nas proximidades da ilha de Próspero.

Ao saber disso, Próspero usou a magia para desencadear uma fortíssima tempestade, e ela foi tão tremenda que os marinheiros logo se consideraram perdidos. Adiantando-se aos demais, o príncipe Ferdinando saltou para o mar, e seu pai de pronto se pôs a lamentar sua morte, achando que ele se afogara. No entanto, Ariel o carregou a salvo até a praia; e mesmo o restante da tripulação, embora muito castigado pelas ondas, conseguiu alcançar a costa, em diferentes pontos da ilha, sem que nenhum deles sofresse mal maior. Também o bom navio em que viajavam, que todos pensaram que havia naufragado, surgiu ancorado na enseada, onde Ariel o deixara. Eram maravilhas que Próspero e os espíritos realizavam com certa facilidade.

Enquanto a tempestade ainda rugia, Próspero mostrou à sua filha o bravo navio lutando contra os vagalhões, e lhe contou que nele havia muitos seres humanos, como eram Próspero e Miranda. Ela, sentindo enorme pena daquelas criaturas, implorou ao pai, aquele que havia criado a tempestade, que lhes poupasse a vida. O pai disse que não temesse, já que pretendia salvar a todos.

Então, revelou à filha a história de suas vidas, antes de chegarem à ilha, e contou que havia invocado a tempestade para que seus inimigos, Antônio e Alonso, que estavam a bordo, caíssem em suas mãos.

A seguir, com um feitiço, a pôs para dormir. Ariel já estava a postos e ele tinha uma missão para o espírito.

Ansiando por sua completa liberdade, Ariel reclamou, chateado, de todo o trabalho que lhe era imposto. Próspero, então, em tom de ameaça, lhe lembrou de todos os sofrimentos que o ser encantado passara quando Sicorax reinava sobre a ilha, e o débito de gratidão que tinha para com seu amo, que pusera um fim àquele martírio. Diante disso, Ariel parou de protestar e prometeu cumprir fielmente as suas ordens.

– Faça isso – disse Próspero – e em dois dias eu o dispensarei.

Então, ordenou a Ariel que assumisse a forma de uma ninfa, e o enviou ao encontro do jovem príncipe.

Invisível a Ferdinando, Ariel revoou bem perto dele, cantando:

Venham para estas areias amarelas,
E se deem as mãos;
Cumprimentem-se, então, beijem as faces uns dos outros,
E depois que as ondas cessarem seus selvagens assovios,
Façam sua festiva dança, amáveis espíritos,
E a seguir cumpram sua tarefa.

Ferdinando seguiu o canto mágico, enquanto a canção mudava para um tom solene e a letra trazia melancolia ao seu coração e lágrimas aos seus olhos. E assim prosseguia:

Nas profundezas marinhas jaz teu pai,
Os ossos dele em coral se transformam;
Há pérolas agora onde havia seus olhos,
E nada existe de seu corpo
Que o mar não haja mudado
Em uma outra coisa qualquer, preciosa e estranha.
Ninfas do oceano de hora em hora dobram os sinos
No toque fúnebre e... Ah! Eu o ouço agora... Ding-dong!

Foi com essa ladainha que Ariel atraiu o príncipe, já estonteado pelos encantamentos, à presença de Próspero e Miranda. Então, que espantoso! Tudo aconteceu justamente do modo que Próspero desejava. Isso porque Miranda, que jamais, pelo menos ao que pudesse se lembrar, vira um ser humano que não fosse o seu pai, ao contemplar o jovem príncipe, seus olhos se encheram de admiração, e seu coração, secretamente, foi invadido pelo amor.

– Poderia até mesmo achar – disse ela – que esse jovem é uma criatura divina, já que nada deste mundo poderia ter aparência tão nobre.

Já Ferdinando, extasiado pela beleza da moça, exclamou:

– Sem dúvida, trata-se da deusa a quem o ar em volta obedece.

O príncipe nem sequer tentou ocultar a paixão que subitamente o possuiu. Mal haviam trocado meia dúzia de palavras e já ele jurava torná-la sua rainha, se essa também fosse a vontade da moça. Mas Próspero, embora intimamente contente com o desenrolar do episódio, fingiu estar furioso.

– Você certamente veio aqui como um espião – acusou Ferdinando. – Vou enroscar seu pescoço em seus pés, e tudo o que terá para comer serão moluscos de água doce, raízes apodrecidas e cascas de frutas. Para beber, não terá senão a água salgada do mar. Vá embora daqui!

– Não – replicou Ferdinando, desembainhando sua espada.

Mas, nesse instante, Próspero lançou-lhe um feitiço que o paralisou, como se fosse uma estátua, duro como pedra. Miranda, aterrorizada, suplicou a seu pai para ter piedade de seu amado. Mas Próspero, rispidamente, recusou o pedido da filha e obrigou Ferdinando a segui-lo até uma cela.

Lá, forçou o príncipe a trabalhar, fazendo-o arrastar milhares de troncos de árvores e empilhá-los. Com toda paciência, Ferdinando obedeceu, considerando que seu sacrifício era muito bem pago pela compaixão de Miranda.

Morrendo de pena, a jovem o teria ajudado na árdua tarefa, se ele o permitisse. No entanto, não pôde mais se conter e confessou-lhe seu amor. Ao escutá-lo, ela ficou deliciada, prometendo que se tornaria sua esposa.

Então, Próspero libertou-o e, com o coração contente, deu seu consentimento para se casarem.

– Leve-a – disse ele. – Miranda agora é sua.

Nesse meio tempo, Antônio e Sebastião, numa outra região da ilha, tramavam o assassinato de Alonso, rei de Nápoles. Achavam que Ferdinando estivesse morto, e que então Sebastião o sucederia no trono, se Alonso morresse. E teriam executado seu funesto plano enquanto Alonso estava adormecido, se Ariel, bem a tempo, não o tivesse despertado.

Ariel pregou várias peças nos dois. Numa hora, fez aparecer um banquete diante deles e, justamente quando se atiravam à comida, surgia, entre relâmpagos e trovões, sob a forma de uma harpia – uma ave gigantesca e monstruosa –, e o banquete sumia no ar. Então, Ariel lhes passava uma descompostura, atirando-lhes ao rosto todos os atos condenáveis que haviam cometido, e também desaparecia logo a seguir.

Valendo-se de um feitiço, Próspero os fez surgir em uma gruta, perto de sua morada, onde tiveram de aguardar, tremendo de pavor, consumidos em remorsos dolorosos por todo o mal que haviam praticado.

Próspero, determinado a utilizar por uma última vez seus poderes mágicos, jurou:

– Vou quebrar meu bastão mágico e, em profundezas tão remotas que lá nenhum som jamais chegou, enterrarei meu livro de encantos.

Assim, fez uma música celestial brotar do ar e surgiu diante deles com a aparência de quando fora duque de Milão. Como haviam se arrependido do mal que tinham praticado, ele os perdoou e lhes contou tudo o que havia ocorrido em sua vida, desde que esses mesmos homens haviam entregado a ele e a sua filhinha, ainda um bebê, à clemência dos ventos e das ondas. Alonso, o que mais se lamentava pelos seus atos do passado, chorou a morte do seu herdeiro. Mas então Próspero, abrindo as cortinas, mostrou-lhes Ferdinando e Miranda jogando xadrez.

Foi enorme a alegria de Alonso ao poder abraçar novamente seu filho, e, quando soube que a linda jovem com quem ele jogava era a filha de Próspero, e que agora estavam noivos, disse, entusiasmado:

– Deem-me suas mãos, e que a dor e o pesar apertem o coração de todos aqueles que desejarem outra coisa que não a felicidade de ambos.

Assim, tudo terminou bem. O navio estava a salvo, na enseada, e no dia seguinte fizeram-se ao mar, rumo a Nápoles, onde Ferdinando e Miranda se casariam. Ariel providenciou para que as ondas se acalmassem e os ventos soprassem sempre a favor dos navegantes, de modo que logo puderam celebrar, com alegria, a união do jovem casal.

Depois de tantos anos ausente, Próspero retornou ao seu ducado, onde foi recebido em festa pelos seus fiéis súditos. Não praticava mais feitiços, não queria mais saber de magia. No entanto, vivia feliz dessa maneira e não apenas porque retomava o que era seu, mas principalmente porque, mesmo tendo tido seus piores inimigos à sua mercê, e tendo podido se vingar deles como quisesse, com nobreza de espírito, os perdoou.

Quanto a Ariel, Próspero o tornou tão livre quanto o ar, de modo que ele pôde sair percorrendo qualquer caminho que desejasse, sempre cantando, com coração leve, uma deliciosa canção:

Onde a abelha suga, sugo também eu;
No leito de flores da primavera, me deito,
escutando o piado da coruja distante.
Voo nas asas do morcego,
Quando o verão alegremente termina;
E com alegria viverei agora,
Sob o botão de flor que pende do galho. ■

Rei Lear

O rei Lear já se sentia velho e cansado. Não aguentava mais conduzir os negócios do reino, ao qual era muito afeiçoado. Duas de suas filhas eram casadas – uma com o duque da Albânia e outra com o da Cornualha. E nessa ocasião, o duque da Borgonha e o rei da França estavam, ambos, visitando a corte de Lear, como pretendentes à mão de Cordélia, a filha caçula.

Lear chamou suas três filhas e lhes propôs dividir o reino entre elas:

– Mas, primeiro, preciso saber o quanto cada uma de vocês me ama.

Goneril, que, na verdade, era uma mulher malvada e não amava o pai, disse que o amava mais do que as palavras poderiam expressar. Disse que o amava mais do que sua própria visão, o espaço e a liberdade. Mais até do que a sua vida, sua beleza, sua saúde e sua honra.

– Se me ama tanto assim – disse o rei –, lhe dou a terça parte do meu reino. E quanto Reagan me ama?

– Amo-o tanto quanto minha irmã, e mais ainda – jurou Reagan. – Na verdade, nada mais importa para mim que não seja o amor do meu pai.

Lear ficou bastante satisfeito ao escutar Reagan, e lhe deu outra terça parte do reino. Então, voltou-se para Cordélia, sua filha mais nova, dizendo:

– Agora, meu encanto, deixada por último, mas não sendo a menos importante. A melhor parte do meu reino reservei para você. O que poderá me dizer?

– Nada, meu senhor.

– Nada?

– Nada – insistiu Cordélia.

– Nada pode vir de um nada – reclamou o rei.

Ao que Cordélia replicou:

– Amo o senhor conforme tenho obrigação de amá-lo. Nem mais nem menos, majestade.

E disse isso porque conhecia bem os corações perversos de suas irmãs. Estava revoltada com a maneira como elas fingiram um amor sem limites, impossível, quando não sentiam, em relação ao velho pai, quando nem sequer nutriam por ele o que a obrigação de filhas lhes determinava.

– Sou sua filha – prosseguiu –, o senhor me criou e me amou, e lhe retribuo na medida apropriada da minha obrigação. Eu o obedeço, o amo e o reverencio.

Lear, que amava Cordélia mais do que a todas, desejara que ela fizesse uma declaração de amor mais extravagante do que a de suas irmãs. E o que lhe pareceu frieza da parte dela o irritou tanto que o rei a expulsou de suas vistas.

– Vá embora – ele disse. – Daqui em diante e para sempre, você será uma estranha ao meu coração.

O conde de Kent, um dos nobres e capitão dos exércitos favorito do rei, tentou defender Cordélia, mas Lear não lhe deu ouvidos. Dividiu a parte restante do seu reino entre Goneril e Reagan, que o haviam agradado com tolas bajulações. A seguir, lhes comunicou que manteria somente uma centena de cavaleiros com armadura completa, para sua proteção e serviço, e que viveria alternadamente nos palácios de ambas.

Quando o duque da Borgonha soube que Cordélia já não receberia parte nenhuma do reino, desistiu de pedir sua mão. Já o rei da França, mais inteligente, disse à moça:

– Linda Cordélia, você é a mais rica de todas, sendo pobre. É a mais estimada, embora rejeitada. E a mais amada, mesmo deserdada. Você e suas virtudes são o que eu mais desejo. A princesa sem dote, senhor rei Lear, é a nossa rainha. Nossa e da bela França.

– Leve-a, então, leve-a – replicou o rei. – Ela já não é minha filha e jamais quero tornar a pôr os olhos em seu rosto.

Assim, Cordélia se tornou rainha da França, e o conde de Kent, por ter ousado tomar sua defesa, foi banido da corte e do reino de Lear.

Pouco depois, o rei foi passar uma primeira temporada no castelo de Goneril. Não demorou a descobrir a verdade oculta pelas belas palavras da filha. Afinal, ela já tomara do pai tudo o que ele poderia lhe dar, e começou a reclamar até mesmo dos cem cavaleiros que Lear reservara para sua guarda pessoal. Fechava a cara para ele toda vez que se encontravam, era ríspida e desrespeitosa. Também os servos dela tratavam o velho rei com negligência, e ou se recusavam a obedecer às suas ordens ou fingiam que não o escutavam.

Já o conde de Kent, tendo sido banido, fingiu fazer uma viagem de exílio para outro país. Na verdade, retornou, disfarçado, e conseguiu empregar-se entre os servidores do rei, que jamais suspeitou que ali ao seu lado estivesse o nobre que ele exilara. No mesmo dia em que o rei aceitou-o como empregado, o mordomo de Goneril insultou o rei, e o conde mostrou todo seu respeito a Lear atirando o atrevido na sarjeta.

Assim, o rei ficou com dois amigos – o conde de Kent, a quem conhecia agora como um modesto servo, e seu Bobo, que lhe era fiel mesmo o rei tendo aberto mão do seu trono. Já Goneril não se contentava em permitir que seu pai fosse insultado pelos criados do castelo. Disse ao pai, sem rodeios, que sua guarda de cem cavaleiros somente servia para promover desobediência e festins em sua corte, e, assim, queria que ele os dispensasse, mantendo a seu serviço somente alguns velhos criados, tão idosos como ele próprio.

– Minha escolta são homens que conhecem bem seus deveres – disse Lear. – Encilhe meus cavalos e reúna meus soldados, Goneril, que eu não a perturbarei mais. Ainda me sobra uma outra filha neste mundo.

Assim, ele amaldiçoou Goneril, fazendo votos para que ela jamais tivesse um bebê, ou, se isso acontecesse, que esse filho a tratasse com a mesma crueldade com que ela o tratava. Os cavalos da escolta do rei foram selados, então, e ele partiu para o castelo de Reagan.

Lear enviou na frente seu servo Caio, que era na verdade o conde de Kent, com uma carta, na qual avisava da sua chegada em breve.

Ocorreu, entretanto, que Caio foi interceptado por um servo de Goneril – de fato, aquele mesmo mordomo que havia sido atirado a uma sarjeta. Kent, para castigá-lo por ser uma criatura tão mesquinha, lhe aplicou uma forte surra. Só que Reagan, quando ficou sabendo do episódio, mandou colocarem Caio na prisão, sem respeitar sua condição de mensageiro do seu pai. Ela, que anteriormente suplantara a irmã em manifestações de afeto a Lear, parecia agora ir também mais longe do que Goneril no destrato ao velho rei.

De fato, as duas filhas pareciam competir, cada qual querendo reduzir mais o número de cavaleiros que o acompanhavam e serviam, até que Goneril (que se apressara em prevenir Reagan para que ela não demonstrasse nenhum carinho pelo rei) começou a dizer que dez cavaleiros, ou mesmo cinco, já poderiam atendê-lo.

– Mesmo que fosse somente um, para que precisaria dele? – retrucou Reagan.

Então, quando finalmente Lear se convenceu de que o que elas queriam era afastá-lo de vez, amaldiçoou a ambas e partiu. Já não tinha cavaleiros a acompanhá-lo e era uma noite de tempestade, com muito vento. Nem assim aquelas filhas cruéis se importaram com o que aconteceria ao seu pai, exposto ao frio e à chuva. Simplesmente mandaram fechar as portas dos seus castelos e entraram, protegendo-se da tormenta.

Durante toda a noite, ele perambulou pelos campos, parcialmente enlouquecido de tristeza, e tendo ao seu lado o humilde Bobo da corte. Até que Caio, seu servidor, o valoroso conde de Kent, o encontrou e o fez se abrigar numa pequena cabana, quase em ruínas, no interior da qual puderam, ao menos, acender uma fogueira para se aquecer.

Ao raiar do dia, o conde de Kent levou seu amo real para Dover, onde viviam os antigos amigos dele, e depois se dirigiu às pressas para a corte francesa, onde relatou a Cordélia tudo o que estava acontecendo.

O marido de Cordélia lhe deu um exército para que ela pudesse ir em socorro do pai, e foi desse modo que a rainha da França chegou a Dover. Lá, encontrou o melancólico Lear, que já fora um poderoso rei, enlouquecido, vagando pelos campos, cantando em voz alta somente para si mesmo e usando uma coroa de urtigas e gravetos.

Cordélia e o conde o recolheram, alimentaram-no e o vestiram com boas roupas. Os médicos lhe receitaram remédios que acreditavam poder ajudá-lo a recuperar a sanidade mental. De fato, ele despertou sentindo-se melhor, embora ainda não inteiramente senhor de si outra vez. Então, Cordélia chegou junto dele e o beijou, para consolá-lo, segundo disse, da maldade das irmãs. No início, ele mal conseguia reconhecê-la.

– Por favor, não deboche de mim – disse a Cordélia. – Sou um grande tolo, um velho vaidoso, nada mais, e, para falar com franqueza, receio que já não esteja em meu juízo perfeito. Acho que deveria saber quem você é, mas não sei que roupas são essas que você está vestindo, muito menos sei onde dormi na noite passada. Não ria de mim, eu imploro, mas desconfio que você seja minha filha, Cordélia.

– Sou eu mesma, meu pai – exclamou Cordélia. – Venha comigo.

– E ficou para você o peso de cuidar de mim – disse ele. – Por favor, me perdoe, esqueça meu grande erro. Sou um velho tolo!

Agora ele finalmente sabia qual das suas filhas mais o amava e quem merecia o seu amor. Nunca mais Lear e Cordélia se separariam.

Goneril e Reagan reuniram seus exércitos para atacar o exército de Cordélia, e foram bem sucedidas. Cordélia e o pai foram atirados na prisão.

Então, o marido de Goneril, o duque da Albânia, que era um homem bondoso e jamais suspeitara o quanto sua esposa era cruel, soube de toda a história envolvendo o rei e suas filhas. Quando Goneril descobriu que seu marido já sabia o quanto ela era perversa, matou-se, não sem antes dar um veneno mortal à irmã, Reagan, por puro despeito.

Mas, antes disso, porém, as duas haviam providenciado para que Cordélia fosse enforcada na prisão. O duque da Albânia mandou mensageiros tentando deter o assassinato, mas seus homens chegaram tarde demais. O velho rei entrou cambaleando na tenda do duque da Albânia, carregando nos braços o cadáver de sua filha Cordélia.

– Ela se foi para sempre – lamentou-se Lear. – Sei quando alguém está morto e quando alguém está vivo. Ela está morta feito areia.

Pessoas horrorizadas juntaram-se em volta:

– Ah, se ela estivesse viva – disse o rei – eu pelo menos teria uma chance de redimir todo o sofrimento por que passei.

O conde de Kent tentava conversar com ele, mas Lear estava louco demais para entender.

– Que a praga caia sobre todos vocês, assassinos traidores! Eu poderia tê-la salvo, mas agora ela partiu para sempre. Cordélia, Cordélia, fique comigo mais um pouco, por favor. Você, com sua voz sempre gentil, baixa, meiga... uma qualidade maravilhosa numa mulher. Eu matei o escravo que a enforcou.

– É verdade, nobres senhores, ele o fez – reforçou um dos oficiais da guarda do castelo.

– Oh... você já não quer retornar para mim – disse em lágrimas o pobre homem. – Veem o que eu vejo? Olhem para ela, olhem! Para seus lábios. Olhem, olhem!

Tendo dito isso, ele tombou, sempre com a filha nos braços, e morreu.

E esse foi o fim de Lear e Cordélia. ■

Macbeth

Quando se pede a alguém que conte a história de Macbeth, a pessoa pode contar duas versões diferentes. Numa, temos um homem chamado Macbeth que, recorrendo a meios criminosos, subiu ao trono da Escócia no ano de 1039. Que reinou com justiça e generosidade por quinze anos, ou mais. E esse reinado é parte da história da Escócia. A outra história surge de um lugar chamado Imaginação; é lúgubre e maravilhosa, e é esta que você vai ler aqui.

Um ano ou dois depois de Eduardo, o Confessor, haver subido ao trono da Inglaterra, uma batalha foi vencida, na Escócia, contra o rei norueguês. O feito militar foi realizado por dois generais: Macbeth e Banquo.

Após a batalha, os generais dirigiram-se juntos a Forres, em Elginshire, onde Duncan, rei da Escócia, os aguardava.

Enquanto atravessavam um pântano remoto e deserto, avistaram três mulheres barbadas, de mãos dadas. Eram irmãs, muito velhas na aparência e com modos selvagens.

– Digam quem são vocês! – exigiu Macbeth.

– Salve, Macbeth, senhor de Glamis – disse a primeira.

– Salve, Macbeth, senhor de Cawdor – disse a segunda.

– Salve, Macbeth, futuro rei – disse a terceira.

Então, Banquo indagou:

– E o que está reservado para mim?

A terceira mulher respondeu:

– Você será pai de reis.

– Falem mais! – exigiu Macbeth. – Com a morte de meu pai, tornei-me o senhor de Glamis. Mas o senhor de Cawdor ainda vive, assim como vivem o rei e seus filhos. Expliquem o que disseram, eu ordeno!

A única resposta das misteriosas mulheres foi desaparecer no ar.

Banquo e Macbeth sabiam muito bem que aquelas criaturas eram bruxas, e estavam conversando sobre as profecias que haviam escutado quando dois nobres cavaleiros aproximaram-se. Um deles agradeceu a Macbeth, em nome do rei, por seus serviços na guerra. Já o outro disse:

– O rei me pediu para chamá-lo de senhor de Cawdor.

Foi então que Macbeth ficou sabendo que o homem que até então ostentava esse título iria morrer, vítima de alguma traição, e não pôde evitar de pensar: "A terceira bruxa me chamou de 'futuro rei'".

– Banquo – disse ele –, percebe que as bruxas falaram verdades em relação a mim. No entanto, você acredita que o seu filho e o seu neto serão reis?

Banquo franziu a testa. Duncan tinha dois filhos: Malcolm e Donalbain, e, portanto, seria uma deslealdade ao rei esperar que seu filho, Fleance, se tornasse rei da Escócia. Ele respondeu a Macbeth que as bruxas deviam ter tramado tentá-los, a ambos, a um ato de vilania com essas profecias sobre o trono. Entretanto, Macbeth começou a achar a profecia que o punha como futuro rei saborosa demais para guardá-la somente para si, e mais tarde, numa carta, relatou tudo a sua esposa.

A senhora Macbeth era neta de um rei da Escócia que havia morrido defendendo sua coroa contra o rei que precedera Duncan, por ordem de quem seu único irmão havia sido assassinado. Para ela, Duncan era uma lembrança de muitos sofrimentos e injúrias. Seu marido tinha sangue real nas veias, e, quando ela terminou de ler a carta, já estava determinada a torná-lo rei.

Então, um mensageiro chegou, avisando-a de que Duncan pernoitaria no castelo de Macbeth. Era o que faltava para a senhora Macbeth tomar coragem para praticar um ato vil.

No instante em que avistou Macbeth, lhe disse que Duncan despertaria numa manhã de trevas. Era uma maneira de anunciar que ele seria morto, já que os mortos são cegos para a luz.

– Falaremos disso depois – replicou Macbeth, constrangido, e, à noite, com as palavras amistosas de Duncan ressoando em sua lembrança, sua inclinação era deixar o hóspede viver.

– Você suportará passar a vida como um covarde? – insistiu a senhora Macbeth, que parecia pensar que moralidade e covardia fossem a mesma coisa.

– Ouso fazer tudo aquilo que um homem deve fazer – disse Macbeth. – Quem faz mais do que isso já um homem não é.

– Por que você escreveu aquela carta para mim? – indagou ela, com rispidez. Com palavras amargas, estimulou-o a cometer o assassinato e, astutamente, disse-lhe como deveria cometê-lo.

Depois da ceia, Duncan foi para a cama e dois escudeiros foram colocados de guarda na porta do quarto. A senhora Macbeth os induziu a beber vinho até se embebedarem. Pegou as adagas deles e teria matado ela mesmo o rei se o rosto dele, adormecido, não parecesse de repente o rosto do pai dela.

Pouco depois, chegou Macbeth e viu as adagas no chão, junto aos escudeiros. Logo, com as mãos tingidas de sangue, ele foi ao encontro da sua esposa, dizendo:

– Pensei ter escutado uma voz gritar: "Não durmas mais! Macbeth destruiu o sono!"

– Lave suas mãos – ela instruiu. – Por que não deixou as adagas com os escudeiros? Leve-as de volta e suje-os de sangue.

– Não me atreveria...

Mas sua esposa atreveu-se. Voltou para ele, também com as mãos vermelhas de sangue, mas, sendo um coração menos sensível, contou-lhe com orgulho o que havia feito, e chegou mesmo a debochar do medo que seu marido sentia.

Os assassinos escutam alguém bater à porta, e Macbeth quer pensar que o barulho é capaz de acordar os mortos para voltarem a viver. Mas era Macduff, o senhor de Fife, a quem Duncan pedira para vir visitá-lo ainda cedo. Macbeth foi recebê-lo e lhe mostrou onde ficava a porta do quarto do rei.

Macduff logo reapareceu, gritando:

– Que horror! Que horror!

Macbeth parecia tão aterrorizado quanto Macduff, e, dizendo que não suportaria ver os assassinos de Duncan vivos, matou os dois escudeiros, com suas próprias adagas, antes que pudessem protestar inocência. Esses assassinatos não despertaram suspeitas, e Macbeth, afinal, foi coroado rei em Scone. Um dos filhos de Duncan foi enviado para a Irlanda; o outro, para a Inglaterra.

Macbeth reinava, mas estava preocupado. A profecia em relação a Banquo agoniava sua mente. Se Fleance estava destinado a se tornar rei, jamais um filho de Macbeth ocuparia o trono. Assim, ele contratou dois bandidos, que mataram Banquo, certa noite em que ele e Fleance se dirigiam a um banquete promovido por Macbeth para seus nobres. Fleance escapou.

Enquanto isso, Macbeth e sua esposa recebiam seus convidados no maior luxo, com votos que seriam repetidos, desde então, milhares de vezes:

— A boa digestão depende de um bom apetite, e a boa saúde depende de ambas. É o que lhes desejamos.

— Rogamos a vossa majestade que se sente conosco – disse Lennox, um nobre escocês. Mas, antes que Macbeth respondesse, o fantasma de Banquo entra no salão de banquete e se senta no lugar de Macbeth.

Sem notar o fantasma, Macbeth comenta que, se Banquo estivesse presente, poderia o rei então dizer que sob o seu teto reuniria o mais seleto grupo de cavaleiros da Escócia. No entanto, Macduff havia também, sem maiores explicações, recusado seu convite.

De novo insistiram com o rei para que ele se sentasse, e Lennox, para quem o fantasma de Banquo era invisível, apontou a cadeira onde o espectro estava.

Mas Macbeth, com olhos sobrenaturais, enxerga o fantasma. E o vê em meio a uma mistura de névoa e sangue. Macbeth, perturbado, indaga:

— Qual de vocês cometeu esse crime?

No entanto, ninguém, a não ser ele próprio, vira o fantasma, e Macbeth defende-se:

— Você não pode dizer que fui eu quem mandou matá-lo.

O fantasma desaparece, e Macbeth, com toda imprudência, ergue sua taça:

— Para o general admirado por todos nesta mesa! Para nosso querido amigo Banquo, cuja falta tanto sentimos.

O brinde é feito, todos bebem, e retorna ao salão o fantasma de Banquo.

– Vá-se embora – grita Macbeth. – Seu insensível! Criatura sem sentimentos! Enterre-se logo, sombra horrenda!

E, mais uma vez, ninguém, a não ser ele, vê o fantasma.

– O que está acontecendo, vossa majestade? – indaga um dos nobres.

Mas a rainha intervém, impedindo que Macbeth responda à pergunta. Ela se apressa a pedir aos convidados que partam e deixem em paz o rei, tão adoentado, ou ele poderia piorar, caso fosse forçado a falar.

No dia seguinte, no entanto, Macbeth estava refeito o bastante para conversar com as bruxas, cujas profecias o lançaram em tanta depravação.

Num dia de céu tumultuado por relâmpagos, encontrou-as numa caverna. Estavam remexendo o conteúdo de um caldeirão, no qual boiavam pedaços de muitas criaturas horrendas. Já sabiam que ele viria, muito antes que Macbeth chegasse.

– Respondam à minha pergunta – ordenou Macbeth.

– Você prefere escutar a resposta de nós ou de nossos senhores? – perguntou a primeira bruxa.

– Chamem-nos! – replicou Macbeth.

Então, as bruxas despejaram sangue no caldeirão e óleo nas chamas que o lambiam, e uma cabeça coberta por um elmo, com o visor abaixado, apareceu. Dela, Macbeth via somente os olhos.

Macbeth já ia falar algo à cabeça, quando a primeira bruxa disse, em voz lúgubre:

– Ele lê os seus pensamentos!

Imediatamente, uma voz na mente de Macbeth disse:

– Cuidado com Macduff, o senhor de Fife.

A cabeça, então, mergulhou no caldo que fervia no caldeirão, e desapareceu.

– Não se vá ainda – disse Macbeth.

– Ele não recebe ordens – disse a primeira bruxa, e então uma criança usando uma coroa ascendeu do caldeirão, segurando uma árvore. E a criança disse:

– Macbeth será invencível até que o Bosque de Birnam suba a colina de Dunsinane.

– Mas isso jamais acontecerá – disse Macbeth. A seguir, o rei usurpador pediu para lhe contarem se os descendentes de Banquo algum dia governariam a Escócia.

O caldeirão afundou na terra. Ouviu-se música, e uma procissão de fantasmas de reis passou em fila por Macbeth. Atrás deles, seguia o espectro de Banquo. Em todos os fantasmas, Macbeth enxergava algo de Banquo. Eram oito reis.

De repente, ele se viu sozinho.

E sua primeira providência foi enviar assassinos ao castelo de Macduff. Os bandidos não encontraram Macduff e interrogaram a esposa dele sobre seu paradeiro. Ela lhes deu uma resposta ferina, e um dos homens chamou Macduff de traidor.

– Você mente! – gritou o menino, filho de Macduff, e foi imediatamente apunhalado. Com seu derradeiro sopro de vida, implorou à mãe que fugisse. Os assassinos não deixaram o castelo até que todos os seus moradores estivessem mortos.

Macduff estava na Inglaterra, com Malcolm, onde o encontrou seu amigo Ross, que lhe levou a notícia de que sua mulher e seus filhos já não existiam. A princípio, Ross não teve coragem de falar explicitamente, pois não queria transformar a alegria de Macduff em recebê-lo em dor e ódio. Mas logo Malcolm informava que a Inglaterra estava enviando um exército para a Escócia contra Macbeth, e isso fez Ross descrever a tragédia por inteiro.

– Todos mortos, você disse? – berrou Macduff. – Minhas lindas crianças e a mãe delas também? Você disse todos?

O único consolo para sua dor seria a vingança. Além do mais, o castigo estava chegando, porque a senhora Macbeth havia enlouquecido. Ela vagava pelos corredores ainda dormindo, e sempre com sonhos apavorantes. Vez por outra, lá ia lavar as mãos, e as deixava sob a água por mais de um quarto de hora. No entanto, mesmo depois de lavá-las, ainda enxergava manchas de sangue em sua pele. Era de dar pena escutá-la gritando que todos os perfumes da Arábia não eram capazes de afastar o cheiro da morte de suas mãos.

– Mas nenhum tratamento existe para a razão, na mente, extinta? – inquiriu ao médico Macbeth.

O homem replicou que nesse caso a paciente deveria se tornar seu próprio médico.

– Atirem a medicina aos cães! Ela não me serve de nada.

Dias depois, escutou o grito aflito de uma mulher. Um oficial da guarda aproximou-se e lhe disse:

– A rainha, majestade. Está morta.

– Apague-se, tocha fugaz! – ele murmurou, pensando a vida como uma chama, à mercê de um sopro do vento. Macbeth não derramou lágrimas; já tinha familiaridade demais com a morte.

Aconteceu então de um mensageiro vir lhe dizer que vira o Bosque de Birnam marchando. Macbeth chamou-o de mentiroso, de escravo, e ameaçou mandar enforcá-lo, se estivesse enganado.

– E que você, se estiver certo, enforque a mim – concluiu.

Das janelas da torre do castelo de Dunsinane, o Bosque de Birnam parecia, de fato, estar em marcha. Todos os soldados do exército inglês empunhavam galhos cortados das árvores do bosque. Assim, como se fossem árvores humanas, subiam a colina de Dunsinane.

Mas Macbeth continuava sendo um homem de coragem. Foi para a batalha disposto a vencer, ou morrer. E sua primeira façanha foi matar o filho do general inglês, num combate corpo a corpo. Macbeth, então, convenceu-se de que homem nenhum conseguiria lutar contra ele e sobreviver, e quando Macduff o atacou, clamando por vingança, Macbeth lhe disse:

– Recue! Já derramei demais do seu sangue.

– Minha espada é minha voz – replicou Macduff, aplicando-lhe golpes duríssimos, e exigindo que ele se rendesse.

– Não me renderei! – proclamou Macbeth. Mas sua hora final havia chegado. Ele tombou morto.

Macduff logo se apresentaria a Malcolm, segurando pelos cabelos a cabeça decepada de Macbeth.

– Deus salve o rei! – gritou Macduff, e o novo rei voltou os olhos para o rei deposto.

Assim, Malcolm reinou, sucedendo a Macbeth; mas anos depois os descendentes de Banquo se tornaram reis naquela terra. ∎

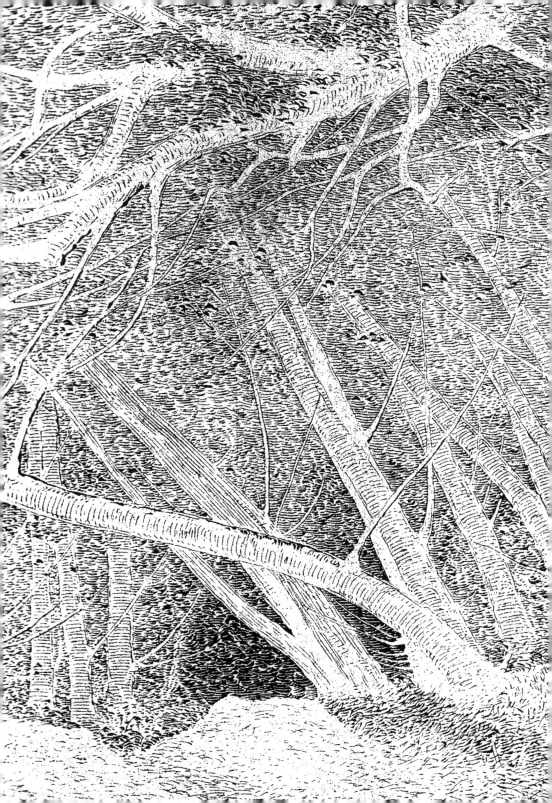

Como gostais

Viveu, certa época, um cruel duque chamado Frederico, que tomou para si o ducado que deveria pertencer a seu irmão, o qual mandou para o exílio. O irmão foi morar na Floresta de Arden, onde passou a viver como um homem da floresta, parecido com Robin Hood, aquele da Floresta de Sherwood, na Inglaterra.

A filha do duque banido, Rosalinda, permaneceu com Célia, a filha de Frederico. As duas se gostavam mais do que a maioria das irmãs. Um dia, houve um torneio de luta livre na corte, ao qual Rosalinda e Célia foram assistir. Carlos, um famoso lutador, estava competindo. Ele havia matado muitos homens em disputas semelhantes.

O jovem que deveria enfrentá-lo era tão magro e ainda tão novo que Rosalinda e Célia não tiveram dúvidas de que seria morto. Foram então lhe pedir que desistisse de uma competição tão perigosa. Mas o único efeito que obtiveram as palavras das duas jovens foi fazê-lo desejar vencer o combate para receber o prêmio de moças tão adoráveis.

Orlando, assim como o pai de Rosalinda, fora privado de sua herança pelo irmão, e estava tão triste com a mesquinharia desse irmão que, até conhecer Rosalinda, não dava importância a viver ou morrer. Mas agora, com a bela Rosalinda em seus pensamentos, ganhava de volta força e coragem.

Assim, lutou esplendidamente, e, no final, Carlos precisou ser carregado para fora da arena de combate. O duque Frederico apreciou sua coragem e perguntou seu nome:

— Meu nome é Orlando, e sou o filho mais novo de Sir Rolando de Boys — disse o jovem.

Ora, o falecido Sir Rolando de Boys fora um fiel amigo do duque banido. Assim, desagradou muitíssimo a Frederico saber de quem Orlando era filho, porque isso significava que o rapaz jamais seria seu aliado. Assim, Frederico saiu dali enraivecido, enquanto Rosalinda mostrava-se deliciada por descobrir que esse belo jovem era filho de um velho amigo do seu pai. No que estavam indo embora, ela se voltou mais de uma vez para dirigir mais uma palavra gentil ao bravo rapaz.

— Nobre Orlando! — disse ela, retornando para lhe dar uma correntinha que acabara de desprender do pescoço. — Use isto por mim. Mais eu lhe daria, se minhas mãos possuíssem os meios para tanto.

Vendo-a partir, Orlando ficou sem palavras, tão forte foi o impacto sobre ele da mágica beleza da moça. Só quando a perdeu de vista disse para si mesmo:

— Lutei contra Carlos e o derrotei, e agora fui subjugado. Ah, celestial Rosalinda!

Mais tarde, a sós, Rosalinda e Célia começaram a conversar sobre o belo lutador, e Rosalinda confessou que se apaixonara por ele à primeira vista.

— Ora, vá com calma — disse Célia. — Você é que deve lutar agora contra essas paixonites impensadas.

— Ah... — exclamou Rosalinda. — Mas elas são lutadoras bem melhores do que eu. Cuidado, agora. Aí vem o duque.

— Com os olhos incendiados de raiva — observou Célia.

— Você — disse o duque, dirigindo-se a Rosalinda — vai abandonar esta corte imediatamente.

— Mas, por quê? — perguntou a moça.

— A razão não é da sua conta.

— Então, meu senhor — disse Célia —, dê a mim a mesma sentença porque não conseguirei viver sem a companhia de minha prima.

– Você não passa de uma menina tola – replicou seu pai, e, voltando-se para a outra moça, ameaçou: – Rosalinda, se em dez dias for encontrada a menos de dez quilômetros deste castelo, será executada.

Assim, Rosalinda se pôs à procura do seu pai, o duque banido, na Floresta de Arden. Célia a amava demais para permitir que partisse sozinha, e foi com ela.

Seria uma jornada bastante perigosa. Rosalinda, mais alta do que a prima, se vestiu como um camponês, e Célia se vestiu como uma garota do campo. Rosalinda passaria a ser chamada de Ganimedes, e Célia, de Aliena.

Quando finalmente alcançaram a Floresta de Arden, estavam muito cansadas. Sentaram-se na relva, quase mortas de fadiga, e, a um camponês que passou por ali, Rosalinda pediu comida. Ele lhes deu o que tinha e lhes contou sobre um rebanho de ovelhas e uma casa que estavam à venda. Com o dinheiro que haviam trazido, compraram os animais e a casa, e se estabeleceram na floresta, como pastor e pastora de ovelhas.

Enquanto isso, Orlando, fugindo de seu irmão, Oliver, que pretendia matá-lo, acabou se refugiando também na floresta, onde encontrou o duque legítimo, pai de Rosalinda. O rapaz foi tão bem recebido pelo nobre exilado que resolveu permanecer com ele.

Ora, Orlando não conseguia pensar em nada, a não ser Rosalinda, e foi para a floresta, vagar pela mata, gravando o nome dela nos troncos das árvores, escrevendo sonetos de amor e pendurando-os nos arbustos. Rosalinda e Célia acabaram por encontrá-los.

Certo dia, Orlando também deu com as duas, mas não reconheceu Rosalinda vestida como um rapaz, embora simpatizasse logo com o jovem. Até porque, em sua fantasia, pensou enxergar alguma semelhança da sua amada naquele pastor de ovelhas da floresta.

– Há um tolo apaixonado – disse Rosalinda – que vaga por esses bosques e pendura sonetos nas árvores. Se eu o encontrasse, daria um jeito de curar sua maluquice.

Orlando confessou que era o tolo apaixonado, e Rosalinda disse:

– Se você vier me visitar todos os dias, vou fingir que sou Rosalinda. Você então deve vir me ver e me cortejar, como faria, se eu fosse essa tal moça. E vou interpretar o papel dela, vou me fazer de difícil, responder a você de modo dúbio, como fazem as mulheres, até que você se envergonhe de amá-la.

Assim, todos os dias ele ia à casa das jovens, e se deliciava por poder dizer a ela todas as belas palavras que diria a Rosalinda, enquanto ela desfrutava do fino e secreto prazer de saber que as declarações de amor dele chegavam aos ouvidos certos.

Certo dia, Rosalinda encontrou o duque, que lhe perguntou a qual família "ele" pertencia. Esquecendo que estava vestida como um pastor, Rosalinda respondeu que vinha de uma nobre linhagem, tão boa quanto a do próprio duque, que sorriu ao escutar isso.

E, numa manhã, Orlando, a caminho da casa de Ganimedes, avistou um homem adormecido no chão, e uma imensa serpente enrolada no pescoço dele. Orlando aproximou-se e afugentou a serpente. Então, viu uma leoa agachada, ali perto, aguardando que o homem despertasse, já que dizem que leões nunca atacam nada que esteja morto ou dormindo.

Só então Orlando olhou para o homem adormecido, e reconheceu seu perverso irmão, Oliver, que havia tentado matá-lo. Seu primeiro impulso foi abandoná-lo à própria sorte, mas a nobreza e o apreço à honra, sendo ele um cavaleiro, o fizeram recuar dessa indignidade. Ele enfrentou a leoa e a matou, salvando, assim, a vida do seu irmão.

Enquanto Orlando lutava contra a leoa, Oliver acordou e viu seu irmão, aquele que ele tanto prejudicara, arriscando sua vida para salvá-lo da fera. Isso o fez arrepender-se da sua crueldade, e, chorando, ele pediu perdão a Orlando. Dali em diante, os dois irmãos se tornariam grandes amigos, mas a leoa havia ferido com tanta gravidade o braço de Orlando que ele não pôde prosseguir na sua visita ao pastor. Assim, enviou o irmão para pedir a Ganimedes ("A quem eu chamo de minha Rosalinda", acrescentou) para vir vê-lo.

Oliver atendeu ao pedido do irmão e contou a Rosalinda e a Aliena tudo o que havia acontecido. Aliena ficou tão encantada com esse jeito másculo de confessar seus erros, que se apaixonou de imediato. Mas, quando Ganimedes soube do perigo a que Orlando se expusera, desmaiou. Quando voltou a si, desabafou:

– Eu devia mesmo ser uma mulher!

Oliver retornou para junto do seu irmão e lhe contou tudo, dizendo ainda:

– Amo tanto Aliena que vou entregar minhas propriedades a você para poder me casar com ela, e passarei a viver aqui, como um pastor.

– Que seu casamento aconteça amanhã, então – festejou Orlando. – Vou convidar o duque e todos os seus amigos. Vá para a casa dos pastores porque Aliena está sozinha lá. Veja, aí vem o irmão dela.

E, de fato, Ganimedes vinha chegando. Quando Orlando lhe contou que o irmão iria se casar no dia seguinte, acrescentou:

– Oh, como é amargo olhar a felicidade através dos olhos de um outro homem.

Então, Rosalinda respondeu, ainda mantendo o disfarce de Ganimedes e falando com voz de homem:

– Se você ama Rosalinda de todo o coração, então, quando seu irmão estiver se casando com Aliena, você se casará com Rosalinda. Vou colocá-la diante de seus olhos, em carne e osso, e sem nenhum perigo para ambos.

– Está falando sério? – disse Orlando, em voz alterada.

– Juro por minha vida – respondeu Rosalinda. – Assim, vista seus melhores trajes e convide os seus amigos, porque amanhã estará se casando com Rosalinda, como você queria.

Ora, no dia seguinte, o duque e seus seguidores se reuniram para assistir ao casamento.

– Você acredita, Orlando – disse o duque – que esse pastor pode cumprir o que prometeu?

– Ora eu acredito, ora não consigo acreditar – respondeu Orlando.

Então, surgiu Ganimedes na casa e disse ao duque:

– Se eu trouxer diante de vocês sua filha Rosalinda, você a dará em casamento a Orlando?

– Darei – jurou o duque. – E se eu possuísse um reino, o entregaria a Orlando como dote.

– E você promete – disse Ganimedes, dirigindo-se agora a Orlando – casar-se com ela, se eu a trouxer aqui?

– Prometo – respondeu Orlando. – E isso mesmo que eu fosse rei de muitos reinos.

Então, Rosalinda e Célia deixaram a casa. Rosalinda vestiu seu belo traje feminino, retornando depois de um tempo. Voltando-se para seu pai, disse:

– Coloco meu destino em suas mãos, porque ao senhor eu pertenço.

– Se a visão pode revelar uma verdade – disse ele –, você é a minha filha.

Então, disse ela a Orlando:

– A você eu me entrego, porque sou toda sua.

– Se a visão pode revelar a verdade – disse Orlando –, você é a minha Rosalinda.

– Não terei pai algum que não seja você – disse ela ao duque, e, voltando-se para Orlando, sentenciou: – Não terei marido algum que não seja você.

Assim, Orlando e Rosalinda se casaram, e também Oliver e Célia, e viveram felizes dali em diante, retornando com o duque para o ducado. Isso porque Frederico foi convencido por um santo eremita a arrepender-se de sua maldade, e devolveu o ducado ao seu irmão, indo depois viver num monastério, dedicando-se a rezar para obter o perdão por seus pecados.

O casamento não poderia ter sido mais alegre, no meio de uma clareira com chão coberto de musgo, na floresta, onde verdes folhagens dançavam sob o sol e os pássaros cantavam seus mais sonoros hinos matrimoniais para os recém-casados. Um casal de pastores amigos de Rosalinda, mas que a conheciam como Ganimedes, casou-se naquele mesmo dia, e tudo foi celebrado com tanta festa e votos de felicidades que tal cerimônia jamais poderia acontecer fechada entre quatro paredes, mas somente em meio à beleza do bosque verdejante.

E esta foi uma das canções que Orlando compôs para Rosalinda:

Das Índias Orientais e Ocidentais,
a joia mais bela, nenhuma se iguala a Rosalinda.
O valor que ela tem é cantado pelo vento
E assim corre mundo a fama de Rosalinda.
Todos os quadros, mesmo os mais lindos,
São pretos, comparados com Rosalinda.
Que nenhum rosto me fique na lembrança
a não ser o belo rosto de Rosalinda. ■

História de inverno

Chamava-se Leontes o rei da Sicília, e seu mais querido amigo era Políxenes, rei da Boêmia. Foram criados juntos e somente separados quando cada qual teve de assumir seu próprio trono. Muitos anos depois, cada qual estava casado e tinha um filho, quando Políxenes foi passar uma temporada com Leontes, na Sicília.

Leontes era genioso, irritadiço e, na verdade, um homem tolo. Assim, enfiou em sua cabeça estúpida que sua esposa, Hermíone, estaria apaixonada por Políxenes. Ora, uma vez tendo se convencido disso, nada seria capaz de fazê-lo mudar de opinião. Assim, ordenou a um de seus nobres, Camilo, para pôr veneno no vinho de Políxenes.

Camilo bem que tentou dissuadi-lo de um ato tão perverso, mas, entendendo que nada o convenceria, fingiu aceitar a missão. Então, contou a Políxenes o que se tramava contra ele, e naquela mesma noite fugiram ambos da corte da Sicília, retornando à Boêmia. Camilo passou a viver ali, como amigo e conselheiro de Políxenes.

Leontes jogou a rainha na prisão, e seu filho, herdeiro do trono, morreu de compaixão por ver sua mãe tratada com tanta injustiça e crueldade.

Enquanto a rainha permanecia presa, teve um lindo bebê. Uma amiga sua, Paulina, vestiu a pequena com suas melhores roupas e foi mostrá-la ao rei, achando que, ao ver a pequena filha, tão indefesa, o coração dele se enterneceria e sua majestade voltaria atrás no que fizera contra a rainha – que afinal de contas jamais praticara nenhum ato reprovável, e que o amava muito mais do que ele merecia.

Entretanto, o rei não quis nem sequer olhar o bebê, ordenando a Paulina e ao seu marido que a levassem embora do reino, num navio, e a abandonassem no local mais deserto e hostil que pudesse existir. Muito a contragosto, o marido de Paulina precisou obedecer.

Assim, a pobre rainha foi levada a julgamento, acusada de traição e de preferir Políxenes ao seu rei. Acontece que ela jamais teve outro homem que não Leontes, seu marido, nem em seus pensamentos. Leontes chegou a enviar alguns mensageiros para perguntar ao deus Apolo se ele tinha ou não razão em suas cruéis acusações contra a rainha. Mas não teve paciência para aguardar o retorno dos mensageiros e, assim, aconteceu de eles chegarem com o julgamento já em curso. O oráculo disse:

– Hermíone é inocente, não há do que se acusar Políxenes, e Camilo é um súdito fiel. Já Leontes é um tirano invejoso, e o rei deverá viver sem um herdeiro, se aquela que foi perdida não for encontrada.

Então, um dos nobres da corte se adiantou e contou aos mensageiros que a pequena princesa morrera. A infeliz rainha, ao escutar isso, tombou desmaiada. E só então o rei percebeu toda a extensão de seus erros e de sua maldade.

Leontes deu ordens a Paulina e às demais senhoras que acompanhavam a rainha que a levassem. Entretanto, Paulina voltou alguns minutos depois, para anunciar que a rainha Hermíone estava morta.

E foi nesse momento que os olhos de Leontes se abriram de vez para toda a loucura que praticara. Sua rainha morrera, e a sua filhinha, que poderia se tornar um consolo para ele, mandara levá-la embora e abandoná-la para ser devorada por lobos e falcões. Entregando-se aos seus remorsos, passou muitos anos a partir de então mergulhado em tristeza e rezando.

A princesa, apenas um bebê ainda, foi deixada no litoral da Boêmia, exatamente o reino de Políxenes. O marido de Paulina jamais regressou. Na volta ao navio, foi atacado por um urso, que o despedaçou – esse foi o seu fim. Assim, não havia quem pudesse contar a Leontes o que fora feito da sua filhinha.

Mas a indefesa e frágil criança foi encontrada e recolhida por um pastor. Estava com roupas muito caras, usava até mesmo algumas joias e havia um pedaço de papel pregado em seu manto, no qual estava escrito que o nome dela era "Perdita" e que vinha de uma família nobre.

O pastor era um homem generoso, e assim levou o bebê para a sua casa, onde ela foi criada como se fosse sua filha. Não teve nenhuma instrução além da que uma filha de pastores geralmente recebe, mas herdou de sua mãe muita beleza e encantos, de modo que era bastante diferente de outras jovens da vila onde morava.

Certo dia, o príncipe Florizel, filho do bom rei da Boêmia, caçava próximo à cabana do pastor e avistou Perdita, agora crescida, transformada em uma bela mulher. O príncipe fez amizade com o pastor, sem lhe contar quem era, mas dizendo que seu nome era Dóricles, um comerciante. Apaixonadíssimo pela linda Perdita, todos os dias passa por ali para vê-la.

O rei Políxenes começou a se preocupar. Não conseguia entender o que poderia estar afastando o príncipe todos os dias do castelo. Assim, mandou alguns servos vigiarem-no, e foi como descobriu que o herdeiro do rei da Boêmia estava apaixonado por uma filha de pastores.

Querendo conferir se a informação que recebera era verdadeira, Políxenes se disfarçou e, acompanhado do fiel Camilo, já um homem idoso a essa altura, dirigiu-se à casa do velho pastor.

Chegaram justamente na época da tosquia das ovelhas, e, embora fossem estranhos na região, foram bastante bem recebidos. À noite, houve uma dança animada, e um mascate vendia fitas, rendas e luvas, que os jovens compravam para suas namoradas.

No entanto, Florizel e Perdita não participavam da festa. A alguma distância, lá estavam sentados, muito serenos, conversando. O rei percebeu as delicadas maneiras e a beleza de Perdita, mas não poderia adivinhar que fosse filha de seu ex-amigo, Leontes. Então, disse a Camilo:

– Essa é a mais linda menina nascida em berço humilde que eu já vi caminhar por estas terras. Tudo o que ela fala e faz lhe dá a aparência de alguém mais importante do que ela. Chega a ser nobre demais para um lugar como este.

E Camilo respondeu:

– Com efeito, ela é a rainha das coalhadas e dos cremes.

Mas Florizel, sem reconhecer seu pai, chamou-o para servir de testemunha do seu casamento. Nesse momento, tomado de fúria, o rei revelou-se, proibindo a união dos jovens.

– E se algum dia você ousar ver meu filho de novo – ameaçou o rei, dirigindo-se a Perdita –, mandarei matá-la e ao seu pai.

Tendo dito isso, foi embora. Mas o velho Camilo ficou para trás. Estava absolutamente encantado por Perdita e desejava ajudar a ela e a Florizel.

Havia muito tempo, Camilo tinha conhecimento do pesar de Leontes por conta das loucuras que praticara. Ansiava por uma oportunidade de retornar para a Sicília, onde poderia rever seu antigo rei. Teve então a ideia de propor ao jovem casal que o acompanhasse e que pedisse a proteção de Leontes. Perdita e Florizel aceitaram, e o idoso pastor resolveu acompanhá-los na viagem, levando consigo as roupas de bebê de Perdita, as joias que ela usava quando a encontrou e o papel que estava pregado na manta do bebê.

Leontes os recebeu com grande gentileza e tratou o príncipe Florizel com a maior polidez. No entanto, só tinha olhos para Perdita. Logo percebeu o quanto ela se parecia com a falecida rainha Hermíone, e repetia sem cessar:

– Ah, como seria adorável minha filha se eu não a tivesse cruelmente mandado para a morte.

No entanto, logo o pastor ficou sabendo que a pequena princesa desaparecera, ainda recém-nascida, mas que, segundo tripulantes do navio que a levara embora, fora deixada na costa da Boêmia. Teve então certeza de que Perdita era a filha do rei. Quando contou como encontrara o bebê, anos antes, mostrando ainda as roupas, joias e o papel com o nome dela, o rei se convenceu de imediato de que Perdita era sua filha. Apresentou-se então a ela como seu pai, repleto de alegria, e ao bondoso pastor deu uma boa recompensa.

Políxenes, ao saber da fuga, se apressara a sair em perseguição ao filho, para impedir o casamento dele e Perdita. Mas, quando descobriu que a moça era filha de seu ex-amigo, ficou contente em dar seu consentimento para a união dos jovens.

Mesmo assim, naquele dia em que tudo foi revelado, Leontes não conseguia ficar feliz. Lembrava-se do quanto a sua rainha era bela, e de que ela deveria estar neste momento ao seu lado para compartilhar da alegria da filha. Mas não, estava morta, e isso por culpa da maldade que ele praticara. Por muito tempo não conseguiu dizer nada, a não ser:

– Ah, sua mãe! Ah, sua mãe!

Então, pedia de novo perdão ao rei da Boêmia, depois beijava mais uma vez a sua filha, e também ao príncipe Florizel, e a seguir agradecia outra vez ao pastor idoso por sua generosidade.

Paulina, que, nos últimos anos, por conta de sua bondade para com a rainha Hermíone, recebeu do rei o maior afeto, disse:

– Acabo de receber uma estátua esculpida à semelhança da falecida rainha, uma peça que levou anos sendo feita, criada por um grande mestre italiano, Giulio Romano. Eu a guardo numa casa afastada, e, desde a morte de nossa rainha, a visito duas ou três vezes por dia. Vossa Majestade gostaria de vê-la?

Assim, Leontes, Políxenes, Florizel, Perdita e Camilo, juntamente com seus servos, foram à casa de Paulina. Lá havia uma pesada cortina púrpura ocultando um aposento. Paulina segurou a cortina e disse:

– Não havia beleza que se comparasse à dela, enquanto viveu, e acredito que mesmo essa estátua excede tudo o que vocês já viram ou que o homem já fez. Portanto, eu a mantenho oculta, fora do mundo. Mas aqui está ela. Contemplem e digam o que acham.

Dizendo isso, puxou a cortina, mostrando a estátua. O rei olhou-a, espantado com aquela escultura da sua esposa morta, mas nada disse.

– Aprecio seu silêncio – disse Paulina. – Não poderia haver melhor demonstração de seu assombro. Mas, diga, não é exatamente igual a ela?

– É quase ela mesma – disse o rei. – Mas, ainda assim, Paulina, Hermíone não era tão enrugada, e nem tinha a idade que esta estátua aparenta.

– Oh – exclamou Políxenes. – Não mesmo.

– Ah – disse Paulina. – Mas aqui entra a inteligência do escultor, que nos mostra a rainha como ela seria hoje em dia, se ainda fosse viva.

Leontes continuava observando a estátua e na verdade não conseguia tirar os olhos dela.

– Se eu soubesse – disse Paulina – que esta pobre imagem despertaria tão fortemente o seu pesar e o seu amor, não a teria mostrado ao senhor.

Mas a única resposta do rei foi:

– Não feche essa cortina.

– Não, o senhor deve parar de olhá-la – disse Paulina –, senão daqui a pouco a estará vendo se mover.

– Que seja, que seja – murmurou o rei. – Não veem que ela respira?

– Vou cerrar a cortina agora – disse Paulina –, senão daqui a pouco estará pensando que a rainha ainda vive.

– Ah, boa Paulina – lamentou o rei –, por favor, me faça acreditar nisso durante vinte anos, sem interrupção.

– Se o senhor for capaz de suportar tal coisa... – disse Paulina –, posso fazer a estátua se mover, descer do seu pedestal e tomar a sua mão. Mas, o senhor pensaria que se trata de magia negra.

– O que quer que você consiga que ela faça, pode fazer. Ficarei contente de ver – disse o rei.

Então, todos os presentes se admiraram ao ver a estátua se mover, deixar o seu pedestal, descer os degraus e pôr seus braços em torno do pescoço do rei. Ele reteve o rosto dela com as mãos e beijou-a vezes seguidas porque ali não estava uma estátua, mas a própria rainha Hermíone, viva, em pessoa. Escondida do mundo, graças à compaixão de Paulina, ela vivera todos esses anos. Não se revelara ao seu marido, embora soubesse que ele estava arrependido, porque não o perdoara completamente, até descobrir o que havia acontecido com a sua filhinha. Agora que Perdita fora encontrada, perdoou seu marido de todos os seus erros, e isso representou para ambos um novo e maravilhoso casamento, uma nova vida juntos.

Florizel e Perdita se casaram, viveram muito e sempre felizes. Para Leontes, seus longos anos de sofrimento foram compensados com sobras no momento em que, depois de um longo pesar e muita dor, sentiu os braços de seu verdadeiro amor em torno de si uma vez mais. ∎

Otelo

Quatrocentos anos atrás, viveu em Veneza um soldado chamado Iago que odiava seu comandante, o general Otelo, por este não tê-lo promovido a tenente. Em vez de Iago, que contava com poderosas recomendações, Otelo havia escolhido Michael Cássio, cuja lábia havia auxiliado o general a ganhar o coração de Desdêmona.

Iago tinha um amigo, chamado Rodrigo, que lhe fornecia dinheiro e que achava que, se não conseguisse se casar com Desdêmona, jamais seria feliz.

Otelo era um mouro. Tinha a pela tão escura que seus inimigos o chamavam de Mouro Negro. Sua vida havia sido árdua, repleta de aventuras. Ele já havia sido derrotado em batalha e vendido como escravo. Era também um grande viajante, já vira homens cujos ombros eram mais altos do que suas cabeças. Corajoso como um leão, tinha, entretanto, um grande defeito – o ciúme.

Seu amor era do tipo tremendamente egoísta. Amar uma mulher significava possuí-la de modo tão absoluto como possuir um objeto, algo incapaz de pensar e de sentir. Na história de Otelo, o elemento principal é o ciúme.

Certa noite, Iago contou a Rodrigo que Otelo havia levado Desdêmona embora, sem o conhecimento do pai da moça, Brabâncio. Persuadiu então Rodrigo a chamar Brabâncio, e, quando o senador veio ao encontro dele, Iago lhe descreveu a fuga de

Desdêmona do modo mais chocante. Embora subordinado de Otelo, fez seu general parecer um ladrão, um garanhão selvagem.

Brabâncio fez queixa de Otelo ao doge de Veneza, acusando-o de fazer uso de feitiçaria para seduzir sua filha. Otelo replicou que o único feitiço que utilizava era sua voz, que narrara a Desdêmona suas aventuras, com escapadas de tirar o fôlego. Desdêmona foi intimada a comparecer diante do conselho da cidade. Disse que a pele negra de Otelo não a impedia de amá-lo. E declarou:

– Enxergo o rosto desse homem dentro da sua alma!

Assim, Otelo e Desdêmona se casaram, e ela se sentia feliz de ser a sua esposa. Ninguém mais ousava atacá-lo, especialmente porque o doge o designou para ir para a ilha de Chipre, com a missão de defendê-la dos turcos. Otelo já estava pronto para partir, e Desdêmona, que suplicou para acompanhá-lo, teve a permissão de ir ao seu encontro, no Chipre.

Otelo sentia-se intensamente feliz ao desembarcar na ilha.

– Ah, minha adorada – disse a Desdêmona, que chegou depois com Iago, a esposa deste, Emília, e Rodrigo. – Mal sei o que lhe dizer. Estou apaixonado por minha própria felicidade.

Mais adiante, receberam notícias de que a frota turca estava fora de ação, e isso foi motivo para Otelo proclamar feriado no Chipre e uma festa das cinco da tarde às onze da noite.

Cássio era responsável pela guarda do castelo de onde Otelo governava Chipre. Assim, Iago decidiu induzir o tenente a beber em excesso. Teve um pouco de dificuldade porque Cássio sabia bem que o vinho logo sobe à cabeça. Mas Iago providenciou para que alguns servos levassem vinho ao quarto de Cássio, onde ficou cantando músicas de bêbados e estimulando Cássio a erguer sua taça vezes sem conta, em brindes ao general.

Cássio logo se tornou agressivo e disso se aproveitou Iago, instruindo Rodrigo a provocá-lo. Cássio bateu em Rodrigo, que correu à presença de Montano, o ex-governador. Com muita educação, Montano intercedeu por Rodrigo, mas recebeu uma resposta tão rude de Cássio que disse:

– Ora, seu bêbado...

Cássio o feriu, e Iago mandou Rodrigo pôr a cidade em pânico com um falso alarme sobre um motim. O alarido acabou por acordar Otelo, que, sendo informado da razão do tumulto, sentenciou:

– Cássio, eu gosto muito de você, mas você nunca mais será meu oficial.

Mais tarde, Cássio e Iago se encontraram sozinhos, e o soldado caído em desgraça lamentou pelo prejuízo à sua reputação. Iago disse que reputação não passava de uma ilusão.

– Oh, Deus! – exclamou Cássio, referindo-se à bebida. – Será possível que os homens coloquem dentro de si, através da própria boca, um inimigo capaz de roubar seu cérebro?

Iago aconselhou-o a pedir a Desdêmona que interviesse a seu favor, junto a Otelo, para obter o perdão do general. Cássio apreciou o conselho e, na manhã seguinte, conversou com Desdêmona nos jardins do castelo. Ela era uma moça generosa, e disse:

– Alegre-se, Cássio, porque eu preferiria morrer a falhar em atendê-lo.

Nesse momento, Cássio viu Otelo se aproximando, acompanhado de Iago, e se retirou às pressas.

Iago aproveitou a chance e disse:

– Não gostei disso.

– O que disse? – indagou Otelo, que achou que Iago houvesse insinuado algo desagradável.

Mas Iago fingiu não ter dito coisa alguma.

– Aquele não era Cássio, com minha esposa? – perguntou Otelo.

Iago sabia que era mesmo Cássio e sabia também por que Cássio havia se encontrado com Desdêmona, mas disse:

– Não posso pensar que tenha sido Cássio a escapar daquela maneira sorrateira.

Desdêmona disse a Otelo que Cássio havia se retirado tão apressado, ao vê-lo se aproximar, por estar se sentido humilhado e arrependido. Ela lembrou ao marido que Cássio havia tomado o partido dele quando a jovem ainda não atentara para o interesse de Otelo por ela, nem havia se apaixonado ainda pelo mouro.

Otelo ficou comovido e disse:

– A você, nada negarei.

Ao que Desdêmona respondeu que o que lhe pedia era algo que tanto bem faria ao general quanto um bom jantar.

Finalmente, Desdêmona deixou o jardim, e Iago perguntou se era mesmo verdade que Cássio havia conhecido Desdêmona antes de ela e Otelo se casarem.

– Sim – respondeu Otelo.

– Interessante – insinuou Iago, como se algo que o intrigava até então houvesse de repente ficado claro.

– Ele não é uma pessoa honesta? – indagou Otelo.

– Honesto...? – Iago repetiu o adjetivo questionadoramente, como se estivesse com medo de dizer "não".

– O que você está insinuando? – insistiu Otelo.

A isso, Iago somente respondeu exatamente o oposto do que dissera a Cássio. Havia dito a Cássio que reputação era uma ilusão. A Otelo, disse:

– Quem rouba minha bolsa, rouba apenas lixo. Mas aquele que mancha meu bom nome, provoca minha ruína.

Ao escutar isso, Otelo quase deu um pulo. Já Iago confiava tanto no poder do ciúme do mouro que ousou até mesmo prevenir o marechal a se acautelar contra seus impulsos. Sim, não foi outro senão o próprio Iago a dizer sobre o ciúme:

– É um monstro de olhos verdes que debocha da carne da qual se alimenta.

Iago sabia que havia despertado o ciúme de Otelo, e prosseguiu alimentando-o, lembrando que Desdêmona havia enganado o pai, quando fugira com Otelo: "Se ela traiu o pai, por que não a você?", era o que estava sugerindo.

Logo Desdêmona voltava ao jardim para dizer a Otelo que o jantar estava pronto. Ela percebeu a perturbação do marido, mas o mouro alegou estar com dor de cabeça. Desdêmona, então, puxou um lenço que Otelo lhe havia dado.

Duzentos anos antes, uma sacerdotisa havia feito esse lenço da seda de bichos da seda sagrados, tingira-o com uma tintura fabricada do coração de moças virgens, e o decorara com bordados com a forma de morangos. Já a inocente Desdêmona o via somente como um tecido refrescante e macio, que, aplicado na testa do marido, poderia aliviar seu mal-estar. Ela não sabia nada de um feitiço, colocado no lenço, de que ele lhe traria a destruição, caso o perdesse.

– Deixe que eu o ate ao redor da sua cabeça – disse a Otelo. – Você estará melhor em uma hora.

Mas Otelo, irritado, disse que o lenço era pequeno demais, e o deixou cair. Desdêmona e o marido entraram no castelo para jantar, enquanto Emília recolhia o lenço que tantas vezes Iago havia lhe pedido que roubasse.

Estava justamente examinando-o quando Iago veio ao seu encontro. Depois de algumas palavras sobre o lenço, ele o tomou da mulher e lhe ordenou que o deixasse sozinho.

No jardim, encontrou Otelo, que parecia ansioso para aceitar todas as mentiras que ele tivesse para lhe contar. Assim, Iago disse a Otelo que havia visto Cássio enxugar a boca com aquele lenço, o qual, como tinha bordados com forma de morangos, ele achava que poderia ser o mesmo que Otelo dera de presente à esposa.

O infeliz mouro ficou enlouquecido de tanta fúria, enquanto Iago invocava os céus para testemunharem que ele devotava suas mãos, coração e cérebro a servir Otelo:

– Aceito sua estima – disse Otelo. – Até daqui a três dias, quero escutar a notícia de que Cássio está morto.

O próximo passo de Iago foi deixar o lenço de Desdêmona no quarto de Cássio. O rapaz o viu e sabia que o lenço não lhe pertencia, mas gostou do desenho de morangos e o deu para a sua namorada, Bianca, pedindo a ela que lhe fizesse outro igual.

A manobra seguinte de Iago foi convencer Otelo, que já vinha provocando Desdêmona por causa do lenço, a escutar escondido a uma conversa entre ele e Cássio. Sua intenção era dirigir o diálogo para que falassem sobre a namorada de Cássio, e deixar que Otelo acreditasse que estivessem conversando sobre Desdêmona.

– Como vai, tenente? – perguntou Iago, quando se encontrou com Cássio.

– Pior agora, por ser chamado daquilo que já não sou – respondeu, sombrio, Cássio.

— Insista com Desdêmona e logo recuperará seu posto — disse Iago, acrescentando num tom de voz baixo, para que Otelo não escutasse: — Se Bianca trabalhasse direito, logo o problema se resolveria.

— Coitada, pobre idiota — disse Cássio. — Acho que ela realmente me ama.

A seguir, bem ao seu jeito falador, Cássio começou a se gabar dos carinhos que Bianca lhe proporcionava, enquanto Otelo, convulso de tanto ódio, imaginava que ele falasse de Desdêmona: "Vejo bem seu nariz, Cássio", pensou o general, "mas não o cachorro para o qual vou atirá-lo".

Otelo ainda estava oculto, escutando, quando Bianca entrou, zangada por acreditar que Cássio, a quem considerava propriedade sua, lhe pedira para copiar o bordado num lenço que pretendia presentear a uma outra namorada. Ela lhe atirou no rosto o lenço, com palavras ríspidas, e Cássio saiu com ela.

Otelo havia visto Bianca, que, em relação a Desdêmona, era muito inferior em conduta, em beleza e em fluência na fala, e começou, então, mesmo a contragosto, a elogiar a esposa diante do vilão com quem conversava. Elogiou a habilidade dela com a costura, sua voz, que era capaz "de tornar dócil uma fera", sua inteligência, meiguice, a beleza da pele dela. Mas, a cada elogio, Iago dizia uma coisa qualquer que o fazia lembrar-se de sua raiva, e isso a ponto de enlouquecê-lo. Mesmo assim, ele sentia necessidade de louvá-la, e dizia:

— Mas que pena, Iago. Que pena!

Em sua maldade, não ocorreu a Iago um momento sequer de hesitação. Se fosse o caso, bem ele poderia ali ter se arrependido e detido Otelo.

— Estrangule-a — disse Otelo.

E seu cruel comparsa disse:

— Muito bem!

Os dois ainda conversavam sobre assassinatos, quando Desdêmona chegou com um parente do seu pai, chamado Ludovico, que trazia uma carta a Otelo, enviada pelo doge de Veneza. A carta chamava Otelo de volta de Chipre, entregando o cargo de governador a Cássio. Infelizmente, Desdêmona, justamente nesse momento infeliz, renovou sua defesa do rapaz.

– Fogo e enxofre! – bradou Otelo.

– Talvez a carta o haja revoltado – explicou Ludovico a Desdêmona, contando-lhe, a seguir, o que dizia a mensagem.

– Fico feliz – disse Desdêmona. E fora a primeira palavra ríspida que a agressividade de Otelo extraíra dela.

– E eu fico feliz de ver você perder o controle – replicou Otelo.

– Ora, por que, meigo Otelo? – perguntou ela, sarcasticamente. A resposta de Otelo foi esbofeteá-la no rosto.

Seria esse o momento em que Desdêmona poderia salvar a sua vida, separando-se do marido, mas ela não percebia o perigo que estava correndo. Somente sabia que seu amado esposo tinha o espírito ferido.

– Não mereci isso – disse, e lágrimas rolaram por suas faces.

Ludovico estava revoltado e surpreso:

– Meu senhor – disse –, ninguém vai acreditar que isto aconteceu, em Veneza. Faça as pazes com ela.

Entretanto, como um louco falando em seu pesadelo, Otelo despejou seus pensamentos funestos num amargo discurso, e rugiu:

– Saiam de minha vista!

– Não ficarei aqui, se minha presença o ofende – disse Desdêmona, mas hesitava em partir, e somente quando ele berrou: "Fora daqui!", ela se retirou.

Otelo, então, convidou Ludovico para jantar, acrescentando:

– Você é bem-vindo a Chipre, senhor. Cabras e macacos!

E, sem esperar resposta, deixou a todos e se afastou.

Visitantes importantes detestam ser obrigados a testemunhar brigas de família, e gostam ainda menos de ser chamados de cabras e macacos. Ludovico, então, exigiu de Iago uma explicação.

Leal somente a si mesmo, Iago, com insinuações habilidosas, disse que Otelo estava em pior estado do que parecia, e aconselhou-o a observar com cuidado o comportamento do mouro. Pediu então para ser poupado de mais perguntas.

Afastou-se, então, para mandar seu amigo Rodrigo assassinar Cássio. Rodrigo não estava satisfeito com Iago. Havia lhe passado uma fortuna em joias, para que ele as desse a Desdêmona, e tudo sem resultado. Desdêmona jamais vira joia nenhuma, porque Iago, além de tudo, era um ladrão.

Mas Iago conseguiu amolecê-lo com uma mentira, e, quando Cássio deixava a casa de Bianca, Rodrigo atacou-o, ferindo-o, só que também foi ferido na luta. Cássio gritou por socorro, e Ludovico, acompanhado de um amigo, acudiu correndo. Cássio acusou Rodrigo de atacá-lo, e Iago, pretendendo se livrar de um amigo tão inconveniente, apunhalou-o:

– Bandido – gritou Iago. Mas não conseguiu matá-lo.

No castelo, Desdêmona estava muito triste. Disse a Emília que a deixasse sozinha, era uma exigência de Otelo.

– Está pedindo que eu me vá? – estranhou Emília.

– Ordens do meu marido, e não devemos contrariá-lo agora.

Desdêmona, sozinha, começou a cantar uma melodia que contava a história de uma jovem cujo amado era tudo para ela, uma melodia em que a jovem chorava e se lamentava ao pé da árvore cujos galhos caem como se fossem pranto. E assim, cantando, deitou-se em seu leito e adormeceu.

Acordou com os olhos em brasa do marido postos sobre ela.

– Fez suas preces esta noite? – ele perguntou, e disse a essa inocente e meiga mulher para pedir perdão a Deus por qualquer pecado que pesasse sobre sua consciência: – Não quero matar também sua alma.

Disse a ela então que Cássio havia confessado, mas Desdêmona sabia que Cássio nada tinha para confessar em relação a ela. A jovem protestou, afirmando que Cássio não poderia dizer nada que a prejudicasse, e Otelo respondeu que a boca dele fora fechada por Iago.

Então, Desdêmona começou a chorar, mas, com palavras duras, a despeito das súplicas da moça, Otelo cerrou as mãos na garganta dela e a matou.

Então, com o coração oprimido de culpa, Emília retornou. Tentou abrir a porta, mas Otelo a trancara, e então uma voz veio do leito:

– Morro uma morte sem culpa!

– Quem a matou, senhora? – berrou Emília.

E a voz respondeu:

– Ninguém. Fiz isso a mim mesma. Adeus!

– Fui eu que a matei – berrou Otelo.

Outras pessoas entraram no quarto, inclusive Iago, e junto daquele leito infeliz o mouro deu as justificativas que tinha para o seu ato. Entretanto, quando mencionou o lenço, Emília confessou a verdade. Desesperado, Otelo bradou:

– Será que somente existem no céu as pedras que alimentam os relâmpagos e trovões?

E, no instante seguinte, avançou sobre Iago, que ainda teve tempo de apunhalar a esposa, Emília, nas costas, e fugir. Mas logo adiante foi detido e trazido de volta, e Otelo o atravessou com a sua espada.

– Algumas poucas palavras antes da minha partida – disse Otelo aos venezianos, no quarto. – Contem a todos como eu era de verdade, nem melhor, nem pior. Digam que eu joguei fora a pérola das pérolas, e que estes olhos ressecados, enfim, choraram. Digam que em Alepo, anos atrás, vi um turco surrar um veneziano, que o agarrei então pela garganta e o feri deste modo.

Ao dizer isso, apunhala-se no coração. Com suas últimas forças, leva seus lábios até o rosto de Desdêmona e o beija, com todo o desespero do seu amor. ■

Esta obra foi composta com a tipografia Electra e
impressa em papel Off Set 90 g/m² na Formato Artes Gráficas.